首领们

| 略萨作品：精装珍藏版 |

Mario Vargas Llosa

LOS JEFES
LOS CACHORROS

〔秘鲁〕马里奥·巴尔加斯·略萨——著

尹承东——译

人民文学出版社
PEOPLE'S LITERATURE PUBLISHING HOUSE

著作权合同登记号　图字 01-2023-0157

Mario Vargas Llosa
LOS JEFES/LOS CACHORROS

图书在版编目(CIP)数据

首领们/(秘)马里奥·巴尔加斯·略萨著;尹承东译.
—北京:人民文学出版社,2021(2023. 2 重印)
(略萨作品:精装珍藏版)
ISBN 978－7－02－015945－1

Ⅰ.①首… Ⅱ.①马… ②尹… Ⅲ.①短篇小说-小说集-秘鲁-现代
Ⅳ.①I778.45

中国版本图书馆 CIP 数据核字(2019)第 298170 号

责任编辑　朱卫净　陶媛媛
装帧设计　汪佳诗

出版发行　人民文学出版社
社　　址　北京市朝内大街 166 号
邮政编码　100705

印　　制　凸版艺彩(东莞)印刷有限公司
经　　销　全国新华书店等

字　　数　96 千字
开　　本　890 毫米×1240 毫米　1/32
印　　张　6. 125
版　　次　2018 年 1 月北京第 1 版
印　　次　2023 年 2 月第 2 次印刷

书　　号　978-7-02-015945-1
定　　价　85. 00 元

如有印装质量问题,请与本社图书销售中心调换。电话:010－65233595

自　序

　　《首领们》这本小说集共收录七个故事，是从我于1953—1957年在利马读大学期间写了又撕、撕了又写的许多个故事中历经"九死一生"留存下来的。没有太大的分量，我却十分喜欢，因为它们令我记起那些艰苦的年代。在那些年代里，尽管我把文学看得比世界上的任何东西都重要，但说真话，我从未想过有一天我会成为作家。我年纪轻轻就结婚了，除了大学课程，生活的重担也压得我透不过气来。不过，在那些年代留在我脑海中的东西里，比我杂乱无章地写的短篇故事更重要的是我发现的那些作家和我贪婪地阅读的那些可爱的书籍。正是由于那些作家和书籍，我在十八岁时便迷上了文学。说起来我有那么多的事儿要干，怎么还能去读那些文学著作呢？结果，要么一些工作只好半途而废，要么就是把工作干得很坏。我在公共汽车上读书，在教室里读书，在办公室里读书，在大街上读书，在喧哗中读书，在人群中读书，站着读书，走着路读书……我是那样善于集中注意力，没有任何东西、任何人能把我从一本书中拉出来（我失去了从书中摆脱出来的能力）。我记得自己有这么几项壮举：只一个礼拜天，我就读完了陀思妥耶夫斯基的《卡拉马佐夫兄弟》；一个朋友将亨利·米勒法文版的《南回归线》和《北回归线》借给我几个小时，我用不眠之夜将其读完；福克纳的几部早期作品——《野棕榈》《我弥留之际》和《八月之光》——落在我的手中，我感到眼花缭乱，手里拿着纸和铅笔读了一遍又一遍，仿佛那是课本。

读这些书的成果渗透在我写的第一本书中。我现在承认这件事是很容易的，但在当时我写这些故事时并非如此。我写的最早的故事《首领们》，表面看起来是再现我们在皮乌拉的圣米格尔中学试图进行的一次罢课，那是我们毕业班学生参加的，结果毫无成果地失败了。而实际上，那是马尔罗的作品《希望》走了调的回声。我写作时，正在读这部作品。

《挑战》是一个令我难忘的故事，当然，读者是无法理解我这种心情的。巴黎的一本以艺术和旅游为中心内容的杂志——《法兰西》杂志——出了一期"印加人之国"的专刊，并借此组织了一次秘鲁短篇故事竞赛，获奖者可以免费去巴黎旅行十五天，住在拿破仑饭店，站在这家饭店的窗前可以看到凯旋门。自然，国内的文学爱好者都闻风而动，竟足足有数百篇故事参加了这次竞赛。当时我正在阁楼里为一家电台撰写新闻稿，我最好的朋友走进来告诉我投稿的《挑战》获奖了的时候，我的心怦怦怦地跳起来。他还说，巴黎已准备好军乐队等着我。那次旅行的确令人难忘，有趣的奇闻轶事层出不穷，精彩程度甚至超过了《挑战》这篇故事本身。我没能看到我当时崇拜的偶像萨特，却看到了加缪。那是在重新上演《正义者》的剧院的出口，我大胆地，或者说莽撞地朝他走过去，跟他说了话（他的西班牙语好得令我吃惊），然后写了一篇八页的评论他的文章，交给我的三个朋友在利马刊出。在拿破仑饭店，我房间过道对面的女邻居也是一项比赛的优胜者——1957年"法国小姐"，也享受免费住饭店十五天的待遇。在饭店的佩斯加杜餐厅，我踮着脚往前走，生怕弄皱了地毯，结果还是出了洋相：由于无知，我点错了菜，当人家递给我一张小网并告诉我应该怎样为那道菜从餐厅的池塘里捞起鳟鱼时，我窘极了。

我喜欢福克纳，却模仿海明威。这本集子里的故事，得益于那个神话般的人物。在那些年里，他恰恰来到秘鲁捕海豚、猎鲸，足迹所到之处为读者留下了大量的冒险故事、简练精辟的对话、生动逼真的描写和各种隐秘的材料。对于一个在四分之一个世纪前开始写作的秘鲁人来说，读读海明威是十分有益的：那是一节有节制地参观的文体课。尽管当时在别的地方已经过时了，但在我们中间还倡导着一种卑鄙无耻的、关于地主奸污女农民的文学，那是用许多将重音落在倒数第三个音节的单词写成的，评论家们称之为"土著文学"。我痛恨这种文学，因为它是骗人的，它的作者们似乎认为，揭露非正义就可以免除他们对作品艺术上的甚至语法上的忧虑。不过，我也证实了这并未阻止我本人在这座祭坛前烧香，因为《兄弟》这篇作品就落入了土著文学的老套；也许它还搀杂了另外一种内涵，那是时代给予我的另外一种激情：美国西部片。

在这本描写青少年男子汉大丈夫气概的故事集中，《祖父》这篇同全书的氛围并不合拍，它也反映了我的阅读——保罗·鲍尔斯文字优美但内容邪恶的两本书：《弱小的猎物》和《保护天堂》。那是利马一些死气沉沉的夏天，我们经常在半夜到苏尔克墓地去。我们崇拜美国诗人爱伦·坡，希望有一天也崇拜魔鬼。我们用唯灵论的思想自我安慰。亡灵向灵媒——我的一个亲戚——口授各式各样的信息，带着和生前同样的拼写错误。那是一些紧张而难以入眠的夜晚，尽管种种场景使我们对另一个世界的事情持怀疑态度，但我们还是紧张得连头发根儿都竖了起来。从《祖父》这篇文章看，不坚持相信邪恶的本性是聪明的。

在这本故事集中，生活表现出最大宽容的大概要属《星期天》这篇。男孩和女孩们那种只限于本地区的友谊，亦即赫伊津哈[①]描写的那种人间游戏的神奇空间，在米拉弗洛雷斯区已完全成为过去。道理很简单：自从停止了儿时在地上的爬行之后，现在利马中产阶级的年轻人已经有了自行车、摩托车或汽车，这些交通工具将他们从家中带向远方，从远方带回家中。就这样，每个人都划定了自己交朋友的地理范围，并向城市的四面八方辐射。然而，在三十年前，我们只有踏板车，这些踏板车只允许我们在街区里转圈子，即使有自行车的人也不能出远门，因为父母不允许

---

① 约翰·赫伊津哈（1872—1945），荷兰历史学家，著有《中世纪的衰落》，探讨 14 至 15 世纪法国和荷兰的生活及思想状况。

（当时他们听父母的话）。就这样，我们这些小伙子和姑娘被死死地限制在一个狭小的区域里，那儿只不过是家庭的延伸，却是友谊的王国。请不要将我们这狭小的友谊王国与美国的小团伙、小帮派混为一谈，因为美国孩子的小团伙纯属男性团伙，带有寻衅滋事、打架斗殴甚至抢劫行盗的特色，而我们米拉弗洛雷斯区孩子们的小圈子是无害的，类似一个大家庭，是一个混合部落。在这儿，我们只是学吸烟、学跳舞、搞体育活动和向姑娘们表白爱情。我们的要求并不太高，只是希望在节假日和夏天里玩个痛快。我们最开心的事是冲浪和踢足球，潇洒地跳跳舞，每隔一段时间交换一下女友。我承认，比起我们的长辈来，我们是相当愚蠢、相当没教养的，我们对发生在饥民无数的辽阔国土上的事情竟然一无所知，这是我们后来才发觉的。同样，我们当年和小朋友们一起生活在米拉弗洛雷斯区是多么幸运，也是后来才体会到的。回首往事，有时我们甚至感到羞耻，但这同样是愚蠢的，因为一个人不能选择他的童年。关于我的童年，一切最热烈而鲜明的回忆都跟我们孩童期那个小圈子的习俗和行为联系在一起，再加上浓郁的乡愁和怀旧，这便是我写《星期天》的缘由。

《崽儿们》写的同样是孩子们的小圈子，但这个故事写的不是青少年的恶习和过失，而是发生在1965年的秘鲁成年人的事。我说写，倒不如说是反复重写，因为这个故事我至少写了十二稿，始终难以脱稿。我在一份日报上读到，在安第斯山脉的一个小村庄里，一条狗阉咬了一个新生婴儿，从此之后，那件事就一直萦绕在我的脑海里。从那时起，我做梦都想把这一离奇的伤痛写成一个故事。这种伤痛与别的伤痛完全不同，它随着时间的推移非但不会逐渐愈合，反而越来越大。同时，我的脑海里也反复琢磨着发生在一个狭小区域里的短篇故事，包括那个区域里的人、神话和礼拜仪式。当我将这两个计划混合在一起的时候，棘手的问题来了：由谁来讲述这个残疾孩子的故事？由孩子们的群体。那么，这个集体的讲述者怎样才不至于把每个人讲的话抹杀？随着我把一张张的稿纸撕掉，那个复数的声音渐渐地在我的脑海中形成了，它一会儿分解成个人的声音，一会儿又重新变成一个代表整个群体的声音。我更希望把《崽儿们》写成一个被唱出来而不是被读出来的故事，因此，我选择每一个音节时都既考虑到音乐性又考虑到可讲述性。不知为什么，我认为在这种情况下，故事的真实性取决于读者应该觉得自己是在听而不是在读，即故事应该从耳朵中而不是从眼睛里进入读者的脑子。就是这些问题——姑且说是技术问题吧——使我伤透了脑筋。令我惊讶的是，对于奎利亚尔的不幸居然可以做出那么多种解释：暗示中产阶级的无能、对不发达世界的艺术家的阉割、影射漫画文化在青年一代中造成的失语症、暗喻我自己叙述的无能……为什么不是呢？随便哪一种解释都可能是对的。当我将所学到的东西落实到笔下的时候，从来就没有完全弄清楚过：真实也可能是谎言，谎言也可能是真实，谁也不知道在为谁工作。但有一点是可以肯定的，即文学解决不了问题，反而会制造问题；文学非但不能使人们幸福，反而会使他们更不幸。不过，尽管如此，文学也是我选定的生活道路，我绝不会再改变。

马里奥·巴尔加斯·略萨

1979 年 2 月于利马

目录

首领们

I

哈维尔突然产生了一种预感：

"要吹哨了！"他喊道，随即站起身来。

紧张的气氛有如一声爆炸似的被打破了。我们都站在那儿。阿瓦萨罗先生张着大嘴，涨红着脸，紧握着拳。当他慢慢地镇静下来的时候，他举起一只手，像是要发出训令，此时哨子真的吹响了。在阿马亚那乌鸦般"哇哇哇"的怪叫声中，我们像发疯一样吵嚷着跑出去，阿马亚的叫声回响在我们头顶。

院子在喊叫声中抖动着。三四年级的学生早就跑出来了，他们围成一个大圈子，圈子在弥漫的尘土中晃动着。一二年级的学生们几乎和我们同时跑进院子，他们喷吐着新的脏话，发泄着憎恨。圈子扩大了。中学生普遍感到愤怒（小学部有一个用镶嵌细木铺成的小院子，位于学校的对面）。

"山里人想拿我们开涮。"

"没错！该死的家伙。"

没有人提期末考试的事。学生们眼中光亮闪烁，喊声震天，那一片喧闹声说明跟校长对抗的时刻到了。突然，我不再控制自己，开始在人群中蹿来蹿去，发表着激烈的言论："他拿我们开涮，我们能沉默不语吗？""应该采取点儿行动。""应该设法对付他。"

一只铁手把我从人群中揪出来。

"你不行。"哈维尔说，"你别搀和。他们会开除你的，这你知道。"

"现在我才不管呢。他们要处罚我，我会跟他们算账的。这是我的机会，你懂吗？我们让大家去站队。"

我们在院子里悄悄地一个人传一个人："去站队！""快，去站队！"

"大家集合！"拉伊加达的大嗓门在清晨令人窒息的空气中回荡着。

许多人跟着一齐喊起来：

"大家集合！""大家集合！"

那时，视察员卡亚多和罗美洛惊讶地发现，喧闹声突然降低，在课间休息结束之前，学生们排起了队。视察员靠在教师办公室的墙上，站在我们的对面，紧张地看着我们，然后他们又互相看了看。几位教师出现在门口，同样是一副惊讶的面孔。

视察员卡亚多走近我们：

"你们听着！"他惶恐不安地高喊，"现在还没有……"

"闭上你的嘴！"有个人从后排反驳道，"闭嘴吧，卡亚多，假女人!"

卡亚多的脸色顿时变得煞白。他一脸凶相，迈开大步钻进学生行列。在他的背后，有几个人高喊："卡亚多，假女人!"

"我们走。"我说，"围着院子转圈子。五年级先走。"

我们开步走，咚咚地跺着地，把脚都跺疼了。我们的队伍按照院子的形状排成一个整齐的矩形。走到第二圈时，我和哈维尔、拉伊加达、莱昂开始喊道：

"时——间——表、时——间——表、时——间——表……"

接着，大家都跟着喊起来。

"声音再大点儿!"有个人突然高声喊道，那声音令我厌烦。

"卢——喊呀!"

马上，叫嚷声变得震耳欲聋。

"时——间——表、时——间——表、时——间——表……"

教师们关上备课室的门，小心翼翼地走开了。五年级学生走过特奥巴尔多在一块木板上卖水果的角落时，他说了一句什么，可我们没听清楚。他挥动着手臂，似乎在鼓励我。"猪猡!"我想。

喊声越来越高，但是，无论是我们有节奏行进的步伐声还是高昂的喊叫声，都难以掩饰我们的恐惧。那种等待的心情是痛苦难忍的。为何不早点儿爆发呢? 我们装出一副勇敢的样子，还在一遍遍地喊着："时——间——表……"但是大家已经开始面面相觑了，而且不时会听到勉强发出的尖笑声。"我什么都不应该想，"我在心里对自己说，"现在什么都不要去想。"我喊起来已经很吃力了，声音嘶哑，喉咙里似乎着了火。猛地，几乎是下意识地，我抬起头望着天空：我的眼睛盯着一只老鹰，它在学校的上空悠然地盘旋着；金色的太阳露出半张脸来，有如半月，在它的照耀下，蔚蓝的天空万里无云，给人以无限深沉之感。我迅速低下了脑袋。

个子矮小、脸色发紫的费鲁菲诺出现在过道的尽头，那过道通向课间休息的院子。短促的、似鸭子行走般的、扑扑的脚步声突然打破了一时的寂静，令我感到吃惊（教师办公室的门打开了，露出了一张滑稽而窄小的脸。埃斯特拉达想窥视我们。他看到校长就站在几步远的地方，马上缩了回去。他用稚嫩的手关上了门）。在我们的对面，费鲁菲诺在一群默默无言的学生中横冲直撞，窜来窜去。学生们已经解散，有些人跑进厕所，有些人恼火地围住了特奥巴尔多的小摊。我和哈维尔、莱昂及拉伊加达站在那儿一动不动。

"不要怕。"我说。但是没有人听我的，因为几乎就在同时，校长说道：

"吹哨，卡亚多！"

学生们重新站好队，但这一次集合得很慢。天气不太热，我却感到有点憋闷，实际上那是一种厌倦。"他们累了。"哈维尔低声说，"真糟糕。"接着，他又怒气冲冲地提醒道："你说话注意点儿！"

其他的人也都这么提醒着。

"不，"我说，"等着瞧吧。只要费鲁菲诺一讲话，学生们就会火冒三丈。"

几秒钟的沉默，几秒钟令人起疑的低沉。尔后，我们便一个接一个地抬起了眼睛，看着那个穿一身灰衣服的矮子。他双脚并在一起，双手交叉在腹部，不急不躁。

"我不想知道是谁带头闹起来的。"他像朗诵般地说，酷似一名演员：语调柔和，抑扬顿挫，话语几乎是亲切的，姿态有如一尊雕像。不过，这只是精心设计的表演罢了。他大概已经独自在办公室里排练过了吧？"这种事对你们是一种耻辱，对学校是一种耻辱，对我也是一种耻辱。我对策划这场胡闹的人怀着最大的耐心、过分的耐心。你们可听好了。不过，现在这耐心可到头了……"

这话是指我还是指卢？一道长长的火舌舔着我的脊背、我的脖子、我的面颊，所有中学部的学生都把眼睛转过来望着我。卢也在看我吗？他在嫉妒我吗？那些"狼崽子"也在看着我吗？有个人在后边拍了两下我的胳膊，仿佛在鼓励我。校长滔滔不绝地讲了许多，讲到上帝，讲到纪律，讲到精神的最高价值。他声明校部的门一天二十四小时开着，真正的勇士应该站出来。

"应该站出来，"他重复道，神情是威严的，"也就是说，有话面对面地讲，跟我来讲。"

"别冒傻气了！"我话说得很快，"别冒傻气了！"

但是，拉伊加达已经举起了手，同时往左跨了一步，离开队列。费鲁菲诺的嘴角露出一丝满意的微笑，但瞬间便消逝了。

"请讲吧，拉伊加达……"费鲁菲诺说。

拉伊加达开始讲起来，他的话给了他勇气，甚至有一会儿，他慷慨激昂地挥动着手臂。他说我们不是坏人，我们爱学校，爱我们的老师。他提醒说，青年人是冲动的，他以大家的名义请求原谅。然后说话便结结巴巴了，但仍继续着：

"校长先生，我们要求您像前几年那样贴出时间表……"说到此处，他停下来了，满面惶恐。

"记下来，卡亚多，"费鲁菲诺说，"下一周，学生拉伊加达每天来学校读书，读到晚上九点钟。在记事簿上写下理由：不服从校规。"

"校长先生……"拉伊加达的脸变成了青灰色。

"我觉得这么做是对的，"哈维尔低声说，"因为他是个笨蛋。"

‖

一束阳光透过肮脏的天窗射进来，抚弄着我的前额和眼睛，我感到十分恬静。但是，我的心有点儿不安，有时还觉得憋闷。离出发只有半个小时了，小伙子们的焦躁减少了一点儿。不管怎么说，他们会响应吗？

"坐下，蒙特斯！"桑布拉诺老师说，"你是一头蠢驴！"

“对此，谁也不怀疑，”哈维尔在我身旁断言道，“他是一头蠢驴。”

暗号，各个年级都知道了吗？我不想用悲观的猜测再次折磨我的脑袋，但是，我时不时地看到卢，他距离我的课桌只有几米远。我感到忧虑和怀疑，我知道，终究是要做出决定的，不是决定考试日程表，也不是决定光荣榜，而是决定报私仇。仇人已经放弃了防守，他何以错过这个进攻的绝好机会？

“拿去！”我旁边有个人说道，“是卢写的。”

“我同意跟你和拉伊加达一起担任指挥。”卢签了两次名。在他的名字中间，仿佛有一个小小的墨水滴在闪闪发光，有一个我们大家都尊重的字母C，那C是大写的，圈在一个黑圈内。我瞅了一眼我身边的同学，他的额头和嘴巴都很狭窄，两只杏眼，皮肤陷在颧骨和突出而坚实的牙床骨之间。他严肃地望着我。我想，也许形势会要求他对人亲切和蔼些。

在同一张纸上，我写道：“加上哈维尔。”他看了一下，显得很冷静，点头表示赞同。

“加上哈维尔。”我说。

“知道了。”他说，“很好。我们要让他吃点儿苦头。”

“是让校长吃苦头还是让卢吃苦头？”我正要问他时，通知出发的哨子声响了。与此同时，一片喊叫声冲向了我们头顶上方，还掺杂着“嘎嘎吱吱”移动课桌的响声。有个人——大概是科尔多瓦？——使劲地吹起口哨，仿佛要引起人们的注意。

"你们已经知道了吗?"已经站到队伍里的拉伊加达说,"到防波堤上去。"

小学低年级学生跑出去一刻钟之后,我们也从后门拥出去。其他的同学早已这样做了。大部分同学停在大道上,三三两两地凑在一起争论着,开着玩笑,你推我,我推你。

"大家不要停在这儿。"我说。

"小伙子们跟我来!"卢不可一世地喊道。

二十多个小伙子围在了他身边。

"去防波堤!"他命令道,"所有人去防波堤!"

我们五年级学生挽起胳膊,在两条人行道之间站成一排,迫使那些懒洋洋的学生跌跌撞撞地加快了脚步。

温煦的和风吹着,既摇不动角豆树也吹不乱我们的头发,却把防波堤石灰路面的沙子吹来吹去。学生们都响应了。卢、哈维尔、拉伊加达和我站在一起,背后是栏杆和从河床对岸一直伸延到这儿的无际的沙滩,面前是密集的人群,他们长长的队伍站满整个街区,尽管偶尔会听到尖厉的喊声,但整个队伍是安静的。

"谁来讲话?"哈维尔问道。

"我!"卢说,并且马上准备跳上栏杆。

"不,"我说,"你来讲,哈维尔。"

卢忍住了,看了我一眼,但是并没有发怒。

"好吧,"他说,并且耸了耸肩膀,又补充道,"反正有人讲就行了!"

哈维尔跳上栏杆，一只手扶着一棵弯曲干枯的树，一只手扶着我的脖子。起初，他的两腿在轻轻颤抖，随着他的语调逐渐变得自信和铿锵有力，那颤抖消失了。在他的两腿之间，我看着那干涸发热的河床，也想到了卢和那些小伙子。刚才，假若我再稍晚一会儿说，就让他占了第一位。可现在他有指挥权，那些孩子们崇拜他。不过在六个月之前，这个可怜虫可是千方百计地求我，我才让他入伙的。后来，我们打了起来，因一个微不足道的疏忽，我被他打得鼻青脸肿，脸和脖子都流满血，在明亮的月光下，我的胳膊和腿都失灵了，无力抵御他的拳头。

"我赢了你，"他呼哧呼哧地喘着气说，"现在我是头儿。"我们就这样说定了。

柔软的沙滩上，那些围成圆圈的长长的影子没有一个移动，只有青蛙和蟋蟀的歌唱声回答着卢对我的辱骂。

我依旧躺在滚烫的沙滩上，鼓起劲儿高声喊道：

"我退出这一帮，另组织一帮人，会比这帮人强得多。"

但是，我、卢及那帮小子依旧躲在阴影里，我们都明白我说的不是真话。

"我也退出。"哈维尔说。

他把我从沙滩上拉起来，我们回到城里。我们一边在空荡荡的街上走着，我一边用哈维尔的手帕擦着血和泪。

"现在你来讲。"哈维尔说。他已经从栏杆上跳了下来，一些人在为他鼓掌。

"好吧!"我回答说,随即爬上栏杆。

不管是背景上的墙壁还是同学们的身体都没有了影子。我的掌心湿漉漉的。我以为那是由于紧张,但其实是热得出汗。日头当空照着,我们感到憋闷。同学们的眼睛看不到我的眼睛,他们在看着地面,看着我的腿。大家都沉默不语,太阳保护着我。

"我们要求校长像往年那样把考试日程表贴出来。我、拉伊加达、哈维尔及卢作为代表去谈判。中学班的同学已经同意了,对吗?"

中学班的大多数同学点点头,表示了认可,一些人还喊道:"对,对!"

"我们现在马上就去。"我说,"你们在梅里诺广场等我们。"

我们开始走起来。学校的大门关着。

我们使劲地敲着门,听到后面嗡嗡的议论声越来越高。视察员卡亚多把门打开了。

"你们是不是疯了?"

"您甭管,"卢打断他说,"您以为我们怕那个山区人吗?"

"进来吧!"卡亚多说,"等着瞧好了。"

Ⅲ

他的一双小眼睛仔细打量着我们,打算装出一副讥刺而毫不在乎的神情。但是,我们心中清楚,那个矮胖子的心里充满恐惧和仇恨。他的眉头一皱一松，汗从他那双紫色的小手上水一般地流下来。

他浑身都在发抖：

"你们知道这种行为叫什么吗？这叫叛乱，这叫造反。你们认为我会屈服一些懒汉学生的怪念头吗？我对蛮横无礼的行为毫不客气……"

他的声音忽高忽低，我们看到他竭力不让自己喊叫起来。"你干吗不一下子气得爆炸？"我心里想，"胆小鬼！"

他站了起来，手扶在写字台的玻璃板上，手边有一块灰色的污迹在摇动。突然，他提高了嗓门，尖厉地喊道：

"滚出去！谁要是再提考试的事，我就惩罚他。"

我和哈维尔还没来得及打暗号，那个在拉塔布拉达的棚屋区夜间打劫、在沙丘中斗狐狸的好汉卢出声了：

"校长先生……"

我没有回头看他，但是，我想象得出，他的斜眼睛在发射着怒火，就像我们在干涸的河床上打架时一样。他的嘴大概张得很大，充满唾液，露出两排黄牙齿。

"您不想贴出考试日程表，我们也不能接受全部考试不及格，您干吗要我们大家都考坏分数？为什么？"

费鲁菲诺走过去，身体几乎碰到了卢。卢吓得脸色煞白，但还在继续讲：

"……我们都烦透了……"

"住嘴!"

校长举起了胳膊,他的拳头中攥着什么。

"住嘴!"他又愤怒地重复道,"住嘴,畜生!你竟敢如此大胆!"

卢不说话了,但是,他注视着费鲁菲诺的眼睛,像是要冷不防跳到他的脖子上去。"他们是一路货,"我想,"两条狗。"

"那么说,你是跟这个家伙学的?"

费鲁菲诺用手指指着我的前额。我狠狠地咬了一下嘴唇,马上感到舌头上有一股热乎乎的东西流着,这使我安静下来。

"滚!"费鲁菲诺又喊道,"从这儿滚出去!否则你们吃不了兜着走。"

我们走了出来。从校门口开始,连接圣米格尔学校和梅里诺广场的台阶上站满了人。他们一动不动,只是焦急地等待着。

我们的同学还站满了小花园和喷泉边,他们默无一言,神情茫然。真奇怪,在那黑压压的、静止不动的人群中,居然有一些白色的、无人踩踏的小块四方形空地。学生们的外表是一样的,都穿着制服,仿佛在准备游行。我们穿过广场,谁都没有问我们,他们只是站到一边让我们过去,紧紧地闭着双唇。直到我们走上林荫道时,他们仍待在原地未动。随后,根据一声并没有谁发布的命令,他们才跟在我们身后走起来,脚步是零乱的,好像是去上课。

路面沸腾着,仿佛是被太阳慢慢烤化的一面镜子。"这会是真的吗?"我想。一个炎热而寂静的晚上，人们在这条林荫道上曾经跟我讲过这类事，可是我不相信。不过，报纸上常说，在某些遥远偏僻的地方，太阳可以把人晒疯，甚至把他们晒死。

"哈维尔，"我问道，"你看见过鸡蛋在大路上自己煎熟吗?"

哈维尔一愣，摇了摇头。

"没有，可别人跟我讲过。"

"那会是真的吗?"

"也许。现在我们可以试试。地面在燃烧，仿佛一块火炭。"

在皇后饭店的门口，阿尔贝托出现了。他的一头亚麻色头发闪烁着美丽的光芒，仿佛是金子做的。他热情地挥着右手，绿色的眼睛睁得老大，脸上挂着笑容。他很好奇，想知道那些穿着制服、不吭一声的学生顶着炎热的太阳要到哪儿去。

"过会儿来吗?"他朝我喊道。

"不行，我们晚上见。"

"他是一个笨蛋。"哈维尔说，"是一个酒鬼。"

"不，"我反驳说，"他是我的朋友，是个好小伙子。"

IV

"让我讲，卢。"我向他要求道，语调尽量柔和。

但是，谁也不能阻止他。他站在干枯的角豆树的枝杈下，绝妙地保持着身体平衡。他的皮肤和脸使人想到一条蜥蜴。

"不!"他气势汹汹地说,"还是我来讲。"

我向哈维尔打了个手势,我们一起走过去,抱住了卢的双腿。但是,卢顺势抱住了树干,右腿从我们的胳膊中挣脱出去。我看到哈维尔肩膀上重重地挨了一脚,倒退了三步。但是,他敏捷地抱住了卢的膝盖,扬起脸来用眼神向他挑战。强烈的阳光把他的眼睛刺得一睁一闭。

"别打他!"我喊道。哈维尔气得浑身发抖,但还是忍住了,而卢则开始尖叫起来:

"你们知道校长怎么对我们说吗?他骂了我们,把我们当成畜生。他不想把考试日程表贴出来,因为他存心跟我们过不去。即便全校学生考试都通不过,他也不在乎,他是一个……"

我们又回到原来的位置。学生们弯弯曲曲的行列开始摇晃起来。几乎所有中学班的同学都留在那儿。天气热得像下火,卢的每一句话都增加了学生们的愤怒,他们已是群情激昂了。

"我们知道,他恨我们,没法跟他讲道理。自从他来了之后,学校已不像个学校。他张口骂人,举手打人,更可恶的是,现在要考试了,又想让我们都不及格。"

不知是谁在人群中提高嗓门喊了一声:

"他打谁了?"

卢愣了一下,接着便大声喊道:

"打谁了?"他脸上一副挑战的神气,"阿雷瓦罗,让大家看看你的脊背!"

在一片喧嚷声中，阿雷瓦罗从人群中走出来。他脸色苍白，是一个健壮的小伙子。他走到卢的前边，把胸膛和脊背露出来，在他的肋部，有一道宽宽的红色伤痕。

　　"这就是费鲁菲诺干的！"卢一边指着那道红印，一边审视着周围那些发呆的面庞。人群哗然，围着我们挤了起来，大家都争着走近阿雷瓦罗。卢、哈维尔、拉伊加达和我都要求大家安静，可是没有人听。我喊道："这是骗人的，别理他，这是骗人的！"人潮把我挤得离开了栏杆，离开了卢。我被挤得透不过气来。我终于挤出一条路，从哇哇叫的人群中走出来。我解掉领带，举起双手，张大嘴巴，慢慢做深呼吸，直至心脏恢复正常。

　　拉伊加达站在我身边，怒气冲冲地问道：

　　"阿雷瓦罗的事发生在什么时候？"

　　"根本没这回事！"

　　"什么？"

　　连一向沉稳的拉伊加达都被镇住了。他的鼻翼忽闪忽闪地翕动着，并且紧紧地握着拳头。

　　"没这事，"我说，"我根本不知道什么时候发生过这等事。"

　　等大家的情绪稍微冷静点儿，卢提高嗓门，压住此起彼伏的抗议声，说：

　　"我们还让费鲁菲诺治我们吗？"他声嘶力竭地高喊，并且挥舞着愤怒的拳头威胁学生，"还让他再来治我们吗？你们回答我！"

"不！"五百人，或者更多一点儿的学生打雷般齐声回答说，"不！不！"

由于拼命叫喊，卢的身体颤抖着，并且在栏杆上得意地摇动着。

"在贴出考试日程表之前，谁也别到学校去。这样做是对的，我们有这个权利。我们也不让低年级的学生到学校去。"

卢气势逼人的声音淹没在一片喊叫声中。在我的面前，数以百计的学生高高举起帽子兴高采烈地挥舞着，我看不出有一个人无动于衷或持反对态度。

"我们怎么办？"

哈维尔想表现出冷静，但是他的眼睛闪耀着光亮。

"好吧。"我说，"卢说得对，我们来帮助他。"

我跑向栏杆，爬了上去。

"提醒低年级同学，今天下午别去上课。"我说，"你们现在可以走了，四五年级的同学留下，把学校围起来。"

"'狼崽子'班的同学也留下。"卢兴奋不已地命令道。

V

"我饿了。"哈维尔说。

热气已经减弱，我们坐在梅里诺广场唯一的长凳上晒着太阳。阳光从天空中几片薄云间透出来，几乎没有人出汗。

莱昂不停地搓着双手微笑着，他感到不安。

"别发抖，"阿马亚说，"你已经长大了，不该怕费鲁菲诺了。"

"你说话小心点儿！"莱昂那张猴子脸涨红了，下巴往前伸着，"你得小心点儿，阿马亚！"阿马亚站了起来。

"你们别打架。"拉伊加达不慌不忙地说，"谁也不怕费鲁菲诺，笨蛋才怕他。"

"我们到后边去转一圈。"我向哈维尔建议道。

我们在街中央走着，围着学校转了一圈。学校的窗户全都半开着，窗户里看不见一个人，也听不到任何声音。

"他们在吃中饭。"哈维尔说。

"对，当然喽。"

在对面的人行道上耸立着萨雷斯教会学校的大门。里边的住校生们躲在屋顶上窥视我们。无疑，他们已经了解发生的一切。

"多么勇敢的小伙子呀！"有个人嘲弄道。

哈维尔破口大骂他们，回报他的则是雨点般的威胁声。房上有人想往他身上吐唾沫，但是离得太远，吐不到，只是引起了阵阵笑声。"他们嫉妒得要死。"哈维尔低声嘟哝道。

在街角，我们看到了卢。他孤零零一个人坐在人行道上，心不在焉地注视着大街。看到我们之后，他便朝我们走过来，似乎很高兴。

"来了两个一年级小崽子，我们让他们到河边玩去了。"

"是吗?"哈维尔说，"你等上半小时看吧，准会大闹起来。"

卢和"狼崽子"班的学生把守着学校后门。他们分散开来，站在利马和阿雷基帕两条大街的街角之间。我们到达街口的时候，他们三三两两地说笑着，每个人手中都拿着棍棒或石头。

"别这么干，"我说，"如果你们打他们，那些小学生肯定要到学校去。"

卢笑了。

"那就等着瞧吧，谁也甭想从这扇门进去。"

他身上藏着一根大棒子，这时拿出来掂了掂，让我们看。

"那边有什么动静吗？"他问。

"还没有。"

我们的背后，有人在高喊我们的名字。那是拉伊加达。他冲我们跑来，一边跑一边拼命挥舞着双手。"他们来了，他们来了，"他焦急地喊道，"你们快来呀！"他跑到离我们十米远的地方突然停住了，然后一转身，又飞速跑回去。拉伊加达的情绪十分激动。我和哈维尔也跟在他身后跑，卢从河那边向我们喊着什么。"河？"我想道，"根本就不存在河。这条河床每年只有一个月有水，为什么大家还都称它为河？"哈维尔跑在我身边，像风箱一般呼哧呼哧喘着粗气。

"我们挡得住他们吗？"

"什么？"他已累得精疲力尽，艰难地张嘴说道。

"我们能够挡得住低年级的学生吗？"

"我看挡得住，就看我们怎么做。"

"你看！"

在广场中央靠近喷泉的地方，莱昂、阿马亚和拉伊加达正在跟一伙小学生谈话，大概有五六个人，形势像是很平静。

"我再说一遍，"拉伊加达龇牙咧嘴地说，"你们到河边去。没有课！没有课！懂了吗？也许里边在放电影！"

"这就对了，"一个尖鼻子的孩子说，"说不定还是彩色片呢！"

"喂，"我对他们说，"今天谁也不要去学校。我们到河边去，去玩足球，小学班对中学班，行吗？"

"哈，哈！"尖鼻子学生得意地笑起来，"我们准能赢他们，我们比他们踢得好。"

"试试看吧！你们到河边去吧！"

"我不愿意，"一个孩子大胆地说，"我要到学校去。"

那是一位四年级的学生，瘦瘦的，面无血色。他的脖子很长，酷似一把扫帚把从他那过分肥大的队长服中伸出来。他是年级队长，胆大而不安分。说话时，他往后退了几步。莱昂一跃跨到他的跟前，抓住他的一只胳膊。

"你没听懂我的话吗？"他把脸凑到那孩子的脸前对他大声喊，仿佛在对他说，莱昂可从来不信邪，"你没听懂我的话吗，小子？今天谁也不能去学校。好了，我们走吧，走。"

"别推他。"我说，"让他自己走。"

"我不去！"那孩子叫道，仰起脸愤怒地看着莱昂，"我不去！就不去！我不想罢课！"

"住嘴，蠢货！谁想罢课?"莱昂似乎非常紧张，使劲抓着那队长的胳膊，他的同学开心地看着那一场面。

"他们会开除我们的！"队长对小学生们说，看得出，他很害怕，也很愤怒，"他们要罢课，是因为校方不给他们贴日程表，要对他们搞突然袭击式的考试，不让他们知道何时考试。你们以为我不知道吗？校方会开除我们的！同学们，我们到学校去！"

小学生们突然骚动起来。他们面面相觑，已经没有了笑容，而他们的队长仍旧大声喊着："他们会开除我们！"并且放声哭起来。

"不要打他！"我喊道，但已经晚了，莱昂已重重地扇了他一个耳光。那孩子一边踢踏着脚，一边喊叫。

"你像一只刚断奶的小山羊。"有个学生说。

我看了一眼哈维尔。他已经跑过去，哈腰抱起那个队长，把他像个包袱似的扛在了肩上，直奔河边而去。一些人跟在他的身后，哈哈大笑着。

"到河边去！"拉伊加达喊道。哈维尔肯定听到了，我们看见他扛着他的"货物"拐向桑切斯·塞罗大道，直奔防波堤而去。

围着我们的人越来越多。他们坐在砖砌台阶和破损的长凳上，有些人待得厌倦了，便在公园的沥青小道上溜达。幸好，没有人想到学校去。我们十个人分成两人一组，把守着学校的大门，并且设法鼓励别的同学："他们必须贴出考试日程表，否则我们就会倒霉，轮到你们时也是如此。"

"他们的人还在来。"拉伊加达对我说，"我们的人太少了，如果他们动手，完全可以打垮我们。"

"只要我们再拖他们十分钟就好办了。"莱昂说，"中学班的同学就要来了。他们一来，我们就把这些小崽子用脚踢着赶到河边去。"

突然，一个孩子激动地喊起来：

"他们是对的！他们是对的！"他走向我们，以演戏般的神情对我们说，"我跟你们在一起。"

"好的！棒极了！"我们大家向他鼓掌，"你是一条好汉。"

我们拍拍他的脊背，拥抱了他。

他的榜样行为产生了影响。又有一个人喊道："我也跟你们在一起。""你们做得对！"小学生们之间开始争论起来。我们为那些最冲动的孩子鼓劲，为他们叫好："真棒，小子，你可不是假女人！"

拉伊加达爬到喷泉池沿上，右手拿着软帽轻轻地摇晃着。

"我们达成协议吧，"他喊道，"大家团结一致，好吗？"

学生们向拉伊加达围过去，接着又来了一伙伙的学生，有些是五年级的。我们跟他们一起在喷泉和学校大门之间排出一道厚厚的人墙，让拉伊加达安全地发表讲话。

"这叫团结一心，"他说道，"叫同情，叫支援。"他突然停下来，仿佛讲话结束了。但稍顷，他又猛地张开双臂呼喊道："我们不能允许他们滥用职权、横行霸道！"

大家为他热烈鼓掌。

"我们到河边去，"我说，"大家都去！"

"好的，你们也去。"

"我们过会儿再去。"

"大家一块去，要么谁也别去。"同一个声音反驳道。没有一个人动。

哈维尔回来了，是一个人回来的。

"那些小子很安静，"他说，"他们把一个女人的驴抢了下来，玩得正开心。"

"现在是什么时间？"莱昂问，"谁能告诉我一下时间？"

是下午两点钟。

"我们两点半走，"我说，"只要留下一个人通知晚到的人就行了。"

新来的人都加入到学生堆里，他们很快就被说服了。

"这很危险。"哈维尔说。他说话的样子有点怪，是不是害怕了？"这很危险。我们都明白如果校长出来会发生什么事。在他讲话之前，大概我们已经待在课堂上了。"

"是这样的。"我说，"开始走吧，应该给小孩子们鼓鼓劲。"

但是，没有一个人愿意动。气氛很紧张，大家时刻等待着发生点儿什么事。莱昂站在我身边。

"中学班的同学已经走了，"他说，"你看，只有把门的同学到这儿来了。"

他的话音刚落，我们却看到中学班的同学到这儿来了，他们围成大圆圈儿，加入低年级学生的海洋里。他们不时地开着玩笑。看到这种情景，哈维尔火了：

"你们是怎么回事？"他说，"到这儿来干什么？为什么要到这儿来？"

哈维尔这些话是对着离我们最近的学生讲的，带领这些学生过来的是阿特诺尔，中学二年级学生的队长。

"怎么？"阿特诺尔像是非常惊讶，"难道我们要到学校去吗？我们是来帮助你们的。"

哈维尔一步跳到他跟前，抓住了他的脖领。

"帮助我们？那么你们穿着学生制服是怎么回事？手里拿着书是怎么回事？"

"住嘴，"我说，"放开他！别打架！再过十分钟，我们就到河边去了，几乎全校学生都来了。"

整个广场上都站满了人。学生们很安静，没有人争论。有几个人在吸烟。许多汽车从桑切斯·塞罗大道上驰过，通过广场的时候，它们只好减速。有个人从一辆大卡车上向我们高喊：

"好样的，小伙子们，坚持到底呀！"

"看见了吗？"哈维尔说，"全城的人都知道了。你想象得出费鲁菲诺会气成什么样子吗？"

"两点半了！"莱昂喊道，"我们走哇！快点儿！快点儿！"

我看了一下表，还差五分钟。

"我们走吧！"我也喊起来，"到河边去！"

有些人像是要动的样子。哈维尔、莱昂、拉伊加达，还有其他几个人也喊叫起来，学生们开始你推我，我推你。有句话在空中不停地回荡着："到河边去！到河边去！到河边去！"

慢慢地，人群开始骚动起来，我们停止了喊叫，不再刺激他们。这时，在这一天中，我第二次感到了惊讶：一片死一般的沉寂。我感到紧张，又突然情不自禁地喊起来：

"高年级的同学到后边去，"我命令道，"到最后边去排队！"

我旁边有个人把冰淇淋摔在地上，将我的两只鞋都弄脏了。我们胳膊挽着胳膊组成一条人带，艰难地往前行进。没有人拒绝行进，但是走得非常缓慢。有一个脑袋几乎钻在我怀里。他回过头来。他叫什么名字？他的一双小眼睛是热忱的。

"你爸爸知道了会打死你的。"他说。

啊！我想起来了。他是我的邻居。

"不会的。"我对他说，"总之，等着瞧吧。使点劲儿，往前走！"

我们已经把广场抛在后边了。浩浩荡荡的队伍把一条宽阔的大道挤得水泄不通。从没有戴帽子的一片人头上望去，可以看到两个街区以外的黄绿色栏杆和防波堤上高大的角豆树。在角豆树之间，片片沙滩仿佛是白点点。

第一个听到有异常动静的是哈维尔，他走在我的身边。他那窄小的眼睛中忽然露出惊恐之色。

"怎么了？"我问，"告诉我。"

他摇了摇头。

"怎么了？"我对他喊起来，"你听到了什么？"

这时，我看到一个穿着学生制服的孩子飞快地穿过梅里诺广场向我们奔来，他的喊叫声同排着长队挤在一起的小学生们的尖叫声混在了一起，与此同时，行进的队伍乱了。我们走在最后一排的人不知道发生了什么事，顷刻间感到一阵惶恐。我们放松了挽着的手臂，有些同学完全放开了。我们感到在被往后挤，于是撒开手，分开来。从我们的身旁，有数以百计的身体跑过去，并且歇斯底里地喊叫着。"出了什么事？"我冲着莱昂大叫。他一边用手指着什么，一边也在跑。

"是卢。"有人对着我的耳朵说。那边出事了，据说闹起了纠纷。于是，我也拔腿就跑。

在距学校几米远的街口，我突然停住了。此时要想看清发生的事是不可能的。学生制服的浪涛从四面八方汇集而来，整条大街上一片喊叫声，不戴帽子的人头在攒动。突然，在大约十五步远的地方，我看到了卢。他倚在墙上，瘦瘦的身体在墙的阴影里清晰地显现出来。他被逼到了墙角，左右开弓地挥舞着他的大棒。一些人在骂他，同时往后倒退着躲开他的大棒，但我听到卢的嗓门最高，盖过了所有的声音：

"看谁敢过来？"他喊道，"看谁敢过来？"

再过去四米远的地方，两个"狼崽子"班的学生也被围了起来。他们挥舞着铁铲自卫，竭尽全力企图突围出去跟卢会合。在围攻他们的人中，我看到有中学班学生的面孔。有些人找到了石头，使劲往他们身上投去，但是没有砸中。远处，我还看到了另外两个跟卢一伙的学生，他们在惊慌失措地拼命逃跑，一伙孩子挥舞着木棒紧紧追赶着他们。

"别打了！别打了！我们到河边去！"

我旁边有个人十分焦急地喊道。

那是拉伊加达，他几乎要哭出来了。

"别傻了！"哈维尔说，随即哈哈大笑起来，"闭上你的嘴吧！你还没看见？"

学校的大门敞开着，学生们一伙伙争先恐后地拥了进去。另外的同学又接连不断地来到街口，有些人加入到围攻卢一伙的行列中去。卢和他的同伙已聚在了一起。卢的衬衫敞开着，露出他那瘦瘦的、闪着亮晶晶汗珠的胸腔。他的鼻子和嘴唇上都流着血，不停地吐着唾沫，用仇恨的目光注视着他周围的人。只有他还高举着木棒随时准备打下去，别人都把木棒放下了，因为他们已经精疲力尽。

"看谁敢过来？我倒要看看这个英雄好汉的模样。"

学生们一边走进学校，一边随便把帽子扣在头上，戴上年级校徽。渐渐地，围着卢的那伙学生全骂骂咧咧地散开了。拉伊加达用胳膊肘捣了我一下：

"他说他跟他的一伙人能打败全校的学生。"拉伊加达脸上露出悲伤的神色，"我们干吗要把这家伙孤立起来？"

拉伊加达说罢离开了。他从校门口向我们打了个手势，好像有点儿犹豫不决，然后便走进去了。我和哈维尔走到卢的身边，他气得浑身发抖。

"为什么你们没有来？"他提高嗓门，发疯似的说，"为什么不来支援我们？我们只有八个人，可他们……"

他的目光很奇特，像猫的眼睛一般灵活。由于他往后退得很快，我的拳头刚刚擦到他的耳朵。接着，他把整个身子倚到墙上，挥舞着大棒在空中画了一个弧线。我的胸部重重地挨了一下，身体摇晃起来。哈维尔见势不妙，马上站到中间将我们分开。

"别在这儿打，"他说，"我们到防波堤去。"

"走吧！"卢说，"我要再教训你一次。"

"等着瞧吧！"我说，"我们走！"

我们走了半个街区，走得很慢，因为我的腿摇摇晃晃，不听使唤了。在街角处，莱昂截住了我们。

"别打架，"他说，"不值得。我们到学校去。大家必须团结起来。"

卢眯缝着眼睛望着我，似乎不大情愿。

"你为什么要打小学生？"我问他，"你知道，现在你和我将会遭遇什么事吗？"

他没有回答，也没有任何动作。他完全安静下来，垂下了脑袋。

"你回答我，卢，"我坚持说，"你知道吗?"

"好了!"莱昂说，"我们会设法帮助你们。现在你们握手言和吧!"

卢抬起头来看了我一眼，神情很痛苦。他把手轻轻地放到我的手里，我发现它是那么柔软、细嫩。我想到，我们还是第一次以这样的方式相互致意。我们半转过身，排成一行往学校走去。

我感到有只胳膊放到我的肩膀上，原来是哈维尔。

挑 战

像每个周六一样，我们正在大河酒吧喝啤酒。莱奥尼达斯在门口出现了，我们立刻从他的脸上看出有什么事发生了。

"出什么事了？"莱昂问。

莱奥尼达斯拖过一把椅子坐到我们旁边。

"我渴死了！"

我给他倒了一杯啤酒，倒得太满了，白色的泡沫溢到桌子上。莱奥尼达斯若有所思，他一边慢慢吹着，一边看着那些气泡炸开来，然后，他把那杯啤酒一饮而尽。

"胡斯托今晚要打架。"他用一种奇怪的声音说。

我们沉默了片刻，莱昂喝了口啤酒，布里塞尼奥点燃一支香烟。

"他让我通知你们，"莱奥尼达斯补充道，"希望你们去。"

最后，布里塞尼奥问：

"是怎么回事？"

"今天下午他们在卡塔加奥斯碰上了，"莱奥尼达斯用手擦了一下前额，往空中甩了甩，几滴汗珠从他的手指尖落到地上，"其他的，你们就可以想象出来了……"

"好吧，"莱昂说，"如果一定要打架，那就打吧，一切照规矩办事。不用怕，胡斯托知道该怎么办。"

"对，"莱奥尼达斯也说道，一副满不在乎的神气，"也许这样更好。"

几瓶啤酒都喝光了。微风拂煦，广场上，格拉乌兵营军乐队的演奏已经停了一会儿。桥头站满了从军队夜游会上归来的人，在防波堤上寻找阴影的一对对情侣也开始离开他们的藏身之地。经过大河酒吧门口的人络绎不绝，有些人走了进来，厅堂里立刻挤满了男男女女，他们一边高声讲话，一边嬉笑着。

"快九点了，"莱昂说，"我们最好走吧！"

我们离开了酒吧。

"好的，小伙子们，"莱奥尼达斯说，"谢谢你们的啤酒。"

"是在木筏那儿，对吗？"布里塞尼奥问。

"对，十一点。胡斯托十点半在这儿等我们。"

老头儿打了个告别的手势，顺着卡斯蒂利亚大道离开了。他住在郊外沙地边缘孤零零的一座小茅屋里，那小茅屋仿佛是守卫城市的哨兵。我们朝广场走去，那儿几乎空无一人。在旅游饭店旁边，一伙年轻人正在吵吵嚷嚷地争论什么。我们经过他们旁边的时候，看到他们中间有一个姑娘在笑吟吟地听他们嚷叫。那姑娘长得很漂亮，像是很开心。

"瘸子会把他打死的。"布里塞尼奥突然说道。

"别胡说。"莱昂道。

我们在教堂拐角处分了手，我快步往家走去。家中没有人。我穿上两件毛衣和一件外套，将折刀用手帕包好，藏在裤子的后兜里。我出门的时候，正碰上妻子进来。

　　"你还出去？"她问。

　　"对，我得去办一件事。"

　　孩子睡着了，她抱在怀里，我觉得那仿佛是一个死孩子。

　　"你明天还得早起，"她坚持道，"你难道忘了礼拜天你都得干活？"

　　"你别操心了，"我说，"一会儿就回来。"

　　我又返回了大河酒吧。我坐在柜台前，要了一杯啤酒、一份威士忌。威士忌还没有喝完，我就没有胃口了。有人在我的肩膀上拍了一下，我回头一看，是酒吧老板莫伊塞斯。

　　"要打架了，是真的吗？"

　　"对。在木筏那儿。你最好别说出去。"

　　"用不着你提醒。"他说，"我早就知道了。我为胡斯托感到难过，可实际上，他们很久以来一直在找他。瘌子没有多大的耐心，这我们知道。"

　　"瘌子叫人恶心。"

　　"可他首先是你的朋友……"莫伊塞斯想说点儿什么，但他止住了。

　　厅堂里有人叫他，他走开了。过了几分钟，他又回到我的身边。

"你想要我去吗?"他问我。

"不。我们的人手够了,谢谢。"

"好的。如果我能帮助你们,就告诉我,胡斯托也是我的朋友。"他没有得到我的允许就端起杯子喝了一口我的啤酒,"昨天晚上,瘸子跟他的一伙哥们儿到这儿来了,他们一个劲儿讲胡斯托,发誓要把他撕成碎片。我当时一直为你们祈祷,希望你们千万不要到这儿来。"

"我倒是真想见见瘸子,"我说,"他发怒的时候样子十分滑稽。"

莫伊塞斯笑了。

"昨天晚上他就像个魔鬼,这个家伙实在太丑了,只要多看他几眼,没有一个人不恶心。"

我喝光啤酒,到防波堤上走了走,但很快就回来了。我在大河酒吧的门口看到了胡斯托,他一个人坐在厅堂里,脚穿一双胶鞋,身上的一件毛衣一直包住脖子到达耳梢。从侧面看他,在室外黑暗的映衬下,他像一个孩子、一个女人,容貌漂亮而温柔。听到我的脚步声,他转过身来,这时我看到了他半边脸上那紫色的疤,那疤从唇边一直延伸到额头(有人说那是他小时打架留下的伤痕,但莱奥尼达斯一口咬定说那是在他出生那天发大水,他的母亲看到大水涌到了他家的门口,吓坏了,给他留下了那道疤)。

"我刚到,"他说,"别人怎么样?"

"就来，大概在路上。"

胡斯托从正面看了我一眼，像是要笑，但是突然变得严肃起来，把头转过去。

"昨天下午是怎么回事？"

他耸了耸肩膀，露出一副茫然的神态。

"我们在卡罗·翁迪多酒吧碰在了一起。我想进去喝点儿酒，不想跟瘸子和他的一伙人正巧撞上。你知道吗？如果不是牧师打那儿经过，他们当即就会把我宰了。他们如一群狗似的向我扑来，一群疯狗。牧师把我们拉开了。"

"你真是一条好汉吗？"瘸子喊道。

"比你强。"胡斯托叫道。

"都老实点儿，畜生！"牧师说。

"今晚到木筏那儿去，敢吗？"瘸子又喊道。

"好吧！"胡斯托说，"就这么说定了。"

大河酒吧里的人已经少了，只有几个人待在柜台边，而厅堂里只有我们一伙人。

"我带来了这个。"我一边说，一边把手帕递给胡斯托。

胡斯托打开折刀量了一下。刀刃恰恰跟手掌一般长，从手腕到指甲。之后，他也从口袋中取出自己的刀刃，将二者比了比。

"一般长。"他说，"我用我的就行了。"

我们要了啤酒，默默地喝下去，一边吸着烟。

"我没戴表，"胡斯托说，"大概十点多了吧！我们去追他们。"

在桥头，我们遇到了布里塞尼奥和莱昂。他们跟胡斯托打招呼，并同他握了手。

"小兄弟，"莱昂说，"您会把他打得头破血流的。"

"这还用说！"布里塞尼奥说，"瘸子根本不是你的对手。"

两个人穿着跟之前同样的衣服，仿佛他们达成了协议，要在胡斯托面前表明他们有万分的把握，甚至有某种喜悦。

"我们从这儿下去，"莱昂说，"走这儿最近。"

"不，"胡斯托说，"我们还是转个弯吧，我可不想现在就把腿摔断。"

这种恐惧有点儿怪，因为我们向来都是拉着装在桥上的钢丝绳跳到河中去的。我们在大道上又走了一个街区，然后往右拐，继续默默无声地走了好一会儿。当顺着一条小路下到河中去的时候，布里塞尼奥绊了一跤，他大骂了几句。沙滩是温暖而柔软的，我们的双脚陷进去，仿佛踩在海绵上。莱昂对着天空仔细地看了一阵。

"云彩很多，"他说，"看来今晚月亮帮不了太多的忙。"

"我们来点堆篝火。"胡斯托说。

"你疯了？"我说，"你想把警察招来吗？"

"这事好办，"布里塞尼奥说，他显得没有信心，"推到明天再说吧，总不能摸黑打架。"

没有人答话，布里塞尼奥也没再坚持。

"木筏在那儿。"莱昂说。

某个时候——谁也不知道具体时间，一棵巨大的角豆树的树干倒在了河床上，它占了河床宽度的四分之三，十分沉重。大水下来的时候无力将它冲走，只能将其缓缓地拖出几米远，于是这木筏每年都离城市稍微远一点儿。

"他们已在那儿了。"莱昂说。

我们在离木筏几米远的地方停了下来。由于夜色黑暗，我们看不清那些等候我们的人的脸，只看到他们的身影。他们一共五个人，我数了一下，竭力想找到瘸子，但那是徒劳的。

"你过去！"胡斯托说。

我慢慢地向树干走去，努力使脸上的表情保持冷静。

"站住！"有个人喊道，"你是谁？"

"胡利安，"我高声回答，"胡利安·乌埃尔塔斯。你们的眼睛都瞎了？"

有个矮个子朝我迎过来，那是查鲁帕斯。

"我们等得不耐烦了，都要走了，"他说，"我们以为小胡斯托到警察局去要求保护了呢！"

"我要跟男子汉讲话，"我喊道，根本不理睬他，"不想跟这么个洋娃娃浪费口舌。"

"你真的有胆量吗？"查鲁帕斯问道，像是肺都气炸了。

"都给我住嘴！"瘸子说。他的一伙人都凑过来了，瘸子抢先一步跨到我的面前。他个子高高的，比所有在场的人都高。在阴影中，我看不清楚，但我想象得出来：他的脸上长满了密密麻麻的肉疙瘩，一双豆粒大的小眼睛深深地陷下去，酷似一个大肉团上的两个点点儿，而那肉团则被长方形的面颊断开来。他的嘴唇像手指那么厚，不谐调地挂在他那鬣蜥般的三角形下巴颏上。瘸子是左腿有残疾。据说这条腿上有一个十字形的大疤，是儿时睡觉时被猪咬的，但是谁也没有看见过。

"你们干吗把莱奥尼达斯带来了？"瘸子问，声音嘶哑。

瘸子往他的一旁指了指。老头儿站在几米外的沙滩上。一听到自己的名字，莱奥尼达斯走了过来。

"我来怎么了？"他说，眼睛死死地盯着瘸子，"我不需要别人带我来，我是自己来的，用我自己的脚走来的，因为我愿意来。如果你想找个借口不打架，那就明说好了。"

瘸子在回答前犹豫了一下。我想他要骂莱奥尼达斯，于是迅速把手伸进裤子后兜里。

"您别搀和，老头儿。"瘸子客气地说，"我不会跟您打架。"

"你不要以为我真的那么老了，"莱奥尼达斯说，"比你强的人，我不知打翻了多少。"

"好吧，老头儿，"瘸子说，"我相信。"接着，瘸子转脸对着我问道："你们准备好了吗？"

"准备好了。请告诉你的朋友们，别让他们插手，否则他们没有好果子吃。"

瘸子笑了。

"你很清楚，胡利安，我不需要援军，特别是今天。这你用不着担心。"

站在瘸子身后的那个人也笑了。瘸子向我伸过来一点儿什么。我伸手过去一摸，是他打开的折刀。我摸了摸刀刃，立刻感到手掌像是被划了一下，不由得打了一个寒颤，那刀片像一块冰。

"有火柴吗，老头儿？"

莱奥尼达斯划着火柴，将它捧在手中，直至火苗舐着他的指甲。在微弱的光亮下，我仔细地看了看那把折刀。我量了一下它的长宽，检查了一下刀刃，掂了掂它的分量。

"好吧！"我说。

"琼加，"瘸子说，"你跟他去。"

琼加走在我和莱奥尼达斯中间。当我们到达别人站着的地方时，布里塞尼奥正在吸烟。他每吸一口，就闪一下光，把几张脸照亮。胡斯托紧闭着嘴，脸上神情木然；莱昂嘴里在嚼着什么，大概是一段青草，布里塞尼奥的脸则是汗渍渍的。

"谁让你来的？"胡斯托板起脸问。

"没有人让我来，"莱奥尼达斯高声说，"我来，是我愿意来。你想跟我算账？"

胡斯托没答话。我向他打了个手势，向他指了指琼加，琼加走在我们后边一点。胡斯托掏出折刀，将它掷了出去。折刀碰到了琼加身上的某个地方，把他吓了一跳。

"对不起，"我说，一边在沙地上摸索着找折刀，"我没有接好。噢，在这儿，找到了。"

"过会儿就没有什么对得起对不起的了。"琼加说。

然后，就像我做的那样，借着火柴的光亮，他用手指检查了一下刀刃，又把它还给我们。他一言未发，大步流星地向木筏那儿走去。我们沉默了几分钟，呼吸着附近棉田的芳香气味，那气味是由温暖的轻风吹向桥头方向的。在我们的身后，沿着河床的两岸，可以看到城市闪烁不定的灯光。周围几乎是死一般的寂静，偶尔被狗吠驴叫声打破。

"准备好了！"对方有个声音高喊道。

"准备好了！"我也喊了一声。

靠近木筏的那片人群骚动起来，同时响起了一阵低语声。然后，一个瘸腿的人影走到了两边共同划定的地盘中央。在那儿，我们看到瘸子用脚在地上试探了一下，看看有没有石头或洼坑。我用眼神去追寻胡斯托，莱昂和布里塞尼奥已把手搭在了他的肩上。胡斯托一下把他们的手推开了。他走到我身边时，冲我笑了笑，我把手伸了过去。他正要离开，莱奥尼达斯一个箭步跳了过去，抓住了他的肩膀。老头儿取下披在背上的一块大披巾，站在我身边对胡斯托进行开导。

"一刻都不要靠近他。"老头儿说话很慢，声音微微颤抖，"时刻离他远一点儿。在他身边转来转去，逼他活动，消耗他的体力。特别要护住胸部和脸部。胳膊一直要伸出去。哈着腰，脚跟要站稳。如果滑倒了，你的双脚就在空中蹬打，直到把他赶开……好了，去吧，拿出男子汉的气概来。"

胡斯托低着头听莱奥尼达斯教导。我以为他会拥抱那老头儿，但出乎我的意料，他只是做了个幅度很大的动作，一把将老头儿手中的披巾抓过去，包在了自己的胳膊上，然后走开了。他昂首挺胸地在沙地上走着，脚步十分有力。离我们远一点儿的时候，我们看到他右手中的刀片在闪闪发光。胡斯托在距瘸子两米远的地方停住了。

双方静静地面对面站了一会儿，谁也不说话，只从对方的目光中就可以看出互相仇恨到了何等地步。他们互相观察着对手衣服下那强健的肌肉，右手愤怒地紧紧握住自己的折刀。从远处看，在柔和的夜色掩护下，那似乎不是摆好姿势准备打架的人，而是两尊用黑色的原料浇铸出来的模糊的塑像，或者是河岸上两棵健壮结实的角豆树树干，它们的影子映在空中而不是沙滩上。几乎就在同时，仿佛是为了听从一声紧急的指挥命令，他们开始活动起来。也许是胡斯托先动，仅仅早动一秒钟。他开始在原地摇晃身子，从腿部摇起，直摇到肩膀。瘸子也模仿着他的样子左晃右晃，两脚仍站在原地。他们保持着同样的姿势：右臂伸向前方，臂肘外拐，微微弯曲，手直接指向对手的胸膛；左臂包着披巾变得粗粗大大，已经与身体不成比例，横架在脸前当护盾。开始，他们只是身体摇动，脑袋、脚和手都待在原处不动。慢慢地，在不知不觉中，两个人都猫起了腰，伸展开脊背，双腿弯曲，摆出一副要跳水的姿势。瘸子首先发起了进攻：他冷不防往前蹿了一步，用胳膊飞快地画了个圆圈。他手中的折刀在空中画出的线条蹿到了胡斯托，但没有伤到他，因为敏捷的胡斯托没等他把圆画完就转动了身子。胡斯托一边防守，一边围着瘸子转起了圈子，他在沙滩上轻快地滑动着脚步，而且越来越快。瘸子只是在原地转圈子，他的身体愈发蜷缩，并且一边随着对手的方位原地变换自己的方向，一边始终盯着对手的动作，像是被施了法术。胡斯托猛地一下站住了：我们看到他用整个身体朝瘸子扑过去，然后又迅速退了回来，像一个装了弹簧的洋娃娃。

"行了，"布里塞尼奥低声说，"已经抓到他了。"

"抓到了肩膀，"莱奥尼达斯说，"但是没抓牢。"

瘸子没有喊叫，依旧站在自己的位置上跳着舞蹈；而胡斯托已经不限于围着圈子进攻，而且直接挥舞着披巾扑过去、退下来，忽而采用防守的姿势，忽而把身体暴露开来，故意逗瘸子进攻。他躲闪得很巧妙，忽前忽后、忽左忽右地跟他的对手做着游戏，宛如一个发情的女人。他企图把瘸子弄得晕头转向，但是瘸子有经验，而且手段高明。瘸子倒退着打破胡斯托的围攻，并且总是弓着腰，迫使胡斯托不时停下来，按照他的节奏追他。胡斯托迈着碎步对瘸子紧追不舍，脑袋往前伸着，用裹在胳膊上的披巾护着脸。瘸子拖着双脚逃跑，腰弯得那么厉害，双膝几乎蹭到沙滩。胡斯托两次把胳膊伸出去，两次都扑了空。"别凑那么近！"莱奥尼达斯在我身旁说，他的声音如此之低，只有我一个人能听到。正在这时，那个宽大、畸形、像毛毛虫似的、收缩成一团的身影突然伸展开，恢复了正常的身材。就在这身影增大并往前猛扑过去的时候，胡斯托在我们眼前消失了。一秒、两秒，也许有三秒钟，我们一直屏着呼吸，看着两位斗士抱在一起的硕大黑影，听到了一种短促的声响。从他们的打斗中首先听到的声音如一声打嗝。须臾之间，在那巨大黑影的一边闪现出一个细长的身影。他纵身两步跳过去，将那两位斗士从地上掀起来，并且将他们分开，仿佛在他们中间竖起了一道看不见的墙。这一次，瘸子开始旋转了：他移动着右脚，拖着左脚。我试图让眼睛穿透黑暗，看清这几秒钟在胡斯托的身上出了什么事，但那是徒劳的，因为两个对手像两位情人似的紧紧地抱在一起，成了一个肉体。"离开那儿！"莱奥尼达斯非常缓慢地说，"干吗离那么近厮打？"事情真有点儿神，仿佛轻风将莱奥尼达斯的话吹进了胡斯托的耳朵，他也跟瘸子一样跳动起来。双方都蹲伏着，隐蔽身体，聚精会神，一脸凶相，忽而从防守转入进攻，忽而又从进攻转为防守，动作如闪电般敏捷。但是，那些虚张声势的假动作并不能使对方惊慌：一方把手臂快速地伸出去，有如要抛出一块石头，为的是避免受伤，恐吓对方，弄得对方手足无措，打乱其防守。但对方无须移动脚步，只将左臂抬起来就抵挡住了。我看不清他们的脸，闭上眼睛却把他们看得清清楚楚，比亲身站在他们中间还看得清楚：瘸子脸上挂着汗珠，紧闭着嘴，那双小猪眼睛红红的，仿佛眼皮后烈火熊熊，浑身的皮肤都在跳动着，扁鼻子的鼻翼和宽厚的双唇被难以置信的颤抖驱使，不停地一张一合；胡斯托脸上是一副蔑视的神情，而愤怒更加重了他的鄙夷不屑，疲劳和急于求胜则使他的嘴唇潮乎乎的。我睁开眼睛，正巧看到胡斯托盲目地、发了疯似的朝瘸子扑过去，给他提供了所有的可乘之隙，把脸和身体都荒唐地暴露在他的面前。暴怒和急躁使他直起了身体，在天幕的背景上，他奇特地显现在空中，猛烈地向他的猎物撞去。那凶狠野蛮的情感爆发大概把瘸子吓坏了，以至于一时间竟然踌躇不决起来。而当他猫下腰，在我们的眼前藏起那耀眼锃亮的刀片——我们一直像着了魔似的盯着它——把右臂如箭一般地伸出去的时候，我们意识到胡斯托那发疯般的神情并非完全没有反应。随着两位斗士的撞击，包围着我们的黑夜中响起了低沉而令人撕心裂肺的怒吼声，那是从两位敌手身上迸发出来的火花。当时我们不明白，将来也不会弄明白，到底有多长时间，他们抱在了一起，熔铸成那个痉挛的多面体。不过，尽管我们分辨不出谁是谁，不知道谁的胳膊在抽打着，也不清楚是哪个人的嗓子呼喊出了那连续不断、恰似回声般的咆哮声，却不时地看到那赤裸裸的刀片飞快地闪着寒光，在空中对着天幕颤抖着飞舞，它们有时飞到黑影中间，有时飞到黑影下方，有时在黑影的两侧。它们在夜色中忽隐忽现，一时凶猛异常，一时又隐而不露，酷似一个绝妙的魔术场面。

我们瞪大眼睛贪婪地巴望着，气都不敢出，也许时不时地还低声说出一些令人费解的话来，直至那座人形金字塔被一把看不见的刀子从中央"咔嚓"砍了一下，切成两半：两个人像是背上都有块磁铁一般，同时被吸引开来，分开时的冲力也同样猛烈。

双方中间的距离有一米，各自虎视眈眈地看着对手。"应该让他们停下来，"莱昂说，"打得够意思了。"但是，我们还没来得及行动，瘸子已经像流星似的冲出了自己的地盘。胡斯托没有躲闪他的攻击，两个人便一起滚倒在地上。他们拼命扭动着身子厮打，一会儿我把你压在身下，一会儿你骑在了我身上。他们闷声闷气、呼哧呼哧地喘着气，刀子在空中飞来舞去。这次的打斗非常短暂，不一会儿便都老实下来，静静地躺在河床上，宛如入睡一般。我正欲朝他们跑过去，这时，也许是猜透了我的意图，有个人猛地一下立起身来，站在了倒着的那个人身边，身子摇摇晃晃得比一个醉汉还厉害。那是瘸子。

在挣扎中，他们都失掉了披巾，披巾被丢在了远一点儿的地方，看上去有如多棱的石头。"我们走吧!"莱昂说。但是，这一次又发生了一件让我们难以移动脚步的事。胡斯托艰难地从地上爬起来，用右臂支撑着整个身体，用另一只闲着的手捂住脑袋，仿佛欲把一种可怕的幻觉从他的眼前驱走。当他站起来的时候，瘸子身不由己地往后退了几步。胡斯托摇摇晃晃，没有把他的胳膊从脸上拿下来。此时，我们听到了一个声音，这声音是我们大家都熟悉的。但是，倘若在暗夜中突然听到，我们恐怕难以辨别出那个声音。

"胡利安!"瘸子喝道，"告诉他，叫他投降!"

我转过身来看着莱奥尼达斯，却看到了莱昂那变了形的脸:他正在难以忍受地观察着那一场面。我又回转身来看两位斗士，他们又重新凑在了一起。毫无疑问，听了瘸子那令人恼火的话，胡斯托在我没看打架场面的那一刻将胳膊从脸前移开，忍着疼痛，用尽最后的力气又扑向了对手，失败使他太痛苦了。瘸子轻而易举地摆脱掉了那一下冲动的、无益的进攻，往后跳了一下：

"莱奥尼达斯先生！"他又重新叫道，声音中既含有愤怒又含有恳求，"告诉他，叫他投降！"

"闭上你的臭嘴，继续打吧！"莱奥尼达斯果断地吼道。

胡斯托还想发动进攻，但是我们，尤其是上了年纪、一生中见过许多场搏斗的莱奥尼达斯，心中十分清楚这台戏已经演完了。胡斯托的胳膊已经没有一点力气，连抓破瘸子那橄榄色皮肤的力气都没有了。他的心灵深处产生了一种难以言状的痛苦，这痛苦一直上升到嘴边，使他的双唇变得干燥，就连视线也模糊不清了。我们看到他的两个眼珠在眼眶里有气无力地转动了片刻，接着，那黑影便变成了碎片。随着一声沉闷的响声，一具人体重重地摔在了地上。

当我们走到躺在地上的胡斯托身边时，瘸子已退到他那一伙人的中间。他们集合在一起，一句话没说便离开了。我把脸贴在胡斯托的胸脯上，模模糊糊地看到一股热乎乎的液体沾湿了他的脖颈和肩膀。我把手伸进已被撕得破烂不堪的衣衫去摸他的肚子和脊背，感到已是皮肉松弛，潮湿而冰冷，没有了半点生气。布里塞尼奥和莱昂脱下他们的外套，将胡斯托的身体小心翼翼地裹好，并且分别抓住脚和胳膊将他抬起来。我在几步之外找到莱奥尼达斯的披巾，摸索着盖在他的脸上，没有去看他的脸。然后，我们三人分两排像抬一口棺材似的将他扛在肩膀上，迈着同样的步伐往一条小路走去，从那条小路可以爬上河岸，尔后往城里走去。

"不要哭，老头儿，"莱昂说，"我没见过哪个人像您儿子那么勇敢。我这是真心话。"

莱奥尼达斯没有答话。他走在我们的后边，因此我没法看到他。

走到卡斯蒂利亚大道的头几座茅屋前的时候，我问：

"莱奥尼达斯先生，把他抬到您家去吗？"

"对。"老头儿急急忙忙地回答，似乎根本没听到我讲了什么。

兄　弟

路旁有块巨石，石头上趴着一只青蛙，达尉小心地用枪瞄准它。

"别开枪！"胡安说。

达尉把枪放下，惊讶地望着他的弟弟。

"他会听到枪声的。"胡安说。

"你疯了？这儿离瀑布还有五十公里呢！"

"也许他不在瀑布那儿，"胡安坚持说，"而是在山洞那儿。"

"不会的。"达尉说，"再说，就算他在山洞那儿，也绝不会想到是我们开的枪。"

青蛙继续趴在那儿，用它那张大着的嘴巴安静地喘着气，并且用那双挂满眼屎的眼睛有点儿不怀好意地望着达尉。达尉重新举起手枪，慢慢地瞄准，然后开了一枪。

"没打中！"胡安说。

"打中了！"

兄弟俩走近石头。一块绿色的污迹指明了青蛙原先所待的位置。

"我没打中吗？"

“打中了，”胡安说，“你真的打中了。”

他们朝马匹走去。这儿的风跟沿途的风一样寒冷刺骨，但景色开始变了：太阳已经落山，山脚下，模糊的黑影遮蔽了田间的庄稼；云彩绕着附近的山峰，泛起了一种石头般的深灰色。达尉收起铺在地上休息用的毛毯搭在肩上，下意识地开始往左轮手枪中压子弹。胡安偷偷地观察着达尉把枪压好子弹后放进枪套，他觉得哥哥手指的动作似乎并不服从某种意志的指挥，而是一种本能。

“我们继续往前走吗？”达尉说。

胡安点头表示同意。

道路是一段狭窄的斜坡，近几天的落雨使石头潮湿不堪，两匹马不时打着滑，攀爬起来十分困难。兄弟俩默默地行进。刚起程不久，便飘起了一种雾状的、几乎看不见的细雨，但雨很快就停了。当他们远远看见山洞的时候，天已经黑下来了。那座扁平的小山长长地伸展开来，酷似一条蚯蚓。这山的名字无人不晓：眼睛山。

“我们是不是过去看一下他在不在这儿？”胡安问。

“用不着，我肯定他不会离开瀑布那儿。他知道，在这儿，有人路过的时候会看到他的。”

“随你的便吧！”胡安说。

过了一会儿，胡安又问道：

“那家伙会不会撒谎？”

"谁？"

"告诉我们看见了他的那个人。"

"莱昂德罗？不，他没这个胆量敢对我撒谎。他说他躲在瀑布那儿，就肯定在那儿。你等着瞧吧！"

他们继续前进，直至夜幕完全降临。他们被淹没在一个黑漆漆的世界里。那是一片毫无保护的荒凉地域，没有树木，没有人。这个世界只在沉寂逐渐浓重，直至渐渐变成有形之物时才会显现。胡安俯在马脖子上，竭力想辨认出那模糊的道路。当突然进入一片平地的时候，他明白他们已经到达了山顶。达尉说他们应该步行前进。于是他们翻身下马，将马拴在岩石上。哥哥揪了揪马鬃，在马的脊背上拍了几下，然后趴在它的耳朵上低声说道：

"但愿到了明天您可别冻成冰棍儿。"

"我们现在下山吗？"胡安问。

"对。"达尉回答，"你不冷吧？最好在山谷那儿等到天亮。我们到那儿再休息。你摸黑下山害怕吗？"

"不怕。如果你愿意，咱们就下去吧！"

他们立即开始下山。达尉走在前边，手里拿着一支小手电筒，光柱在他的脚间和胡安的脚间来回晃动，而那金色的圆面则在弟弟应踏上的地方停上片刻。没过几分钟，胡安已是大汗淋漓，山坡上锋利的石头将他的手划出一道道血口。他只看到身前那大圆盘式的光亮，但他能听到哥哥的呼吸，能猜测出他的各种动作：他应该是轻快地绕过各种障碍，信心十足地前进在滑溜溜的斜坡上。自己却相反，每走一步，都要试试地面是否坚实，寻找能抓住的东西。即使这样，有几次他还是险些跌倒。当他们到达山谷时，胡安估计他们用了几个小时。他已经精疲力尽，可瀑布的响声听起来已经很近了。那是从山上飞落的、巨大而庄严的一道水帘，轰隆隆的响声如同雷鸣。瀑布落入山涧，形成一面小湖，并把源源不绝的水供给一条小河。小湖的周围常年长满苔藓和野草，那是周围二十公里内唯一的植物。

"我们可以在这儿休息了。"达尉说。

兄弟俩互相倚靠着坐下来。夜间很冷，空气潮湿，天空乌云密布，不见一颗星星。胡安点燃一支香烟，他累了，却没有困意。他感到他的哥哥在舒展四肢打哈欠，不一会儿便不再动弹，呼吸也变得柔和而有节奏，不时地还低声嘟嘟哝哝说些什么。胡安也想睡。他在石头上把自己的身体调整成最舒服的姿势，并且想从脑海中将一切念头驱走，但是他做不到。他又点燃了一支香烟。当他三个月前到达庄园的时候，已有两年未见过他的兄妹了。达尉仍是那个自幼就让他又讨厌又敬慕的人，莱奥诺尔却大变了：她已经不是那个从拉木戈雷的窗户里探出身去、往受惩罚的印第安人身上投石头的小丫头了，而是一个身材苗条、十分美貌的大姑娘，尽管她的身体尚未发育成熟，但那种美如同她周围的大自然般带点儿野性。在她的眼睛里出现了一种强烈的光芒。每当他们把正在寻找的那个人的形象同对妹妹的回忆联系在一起时，胡安就不禁怒火中烧，一阵头晕，眼睛模糊，胃中空空荡荡。可尽管如此，这天黎明，当他看见卡米洛穿过庄园和马厩之间的开阔地去备马时，还是犹豫了。

"我们走吧，别发出声音。"达尉说，"别把小姑娘弄醒了。"

当他蹑手蹑脚地走下庄园的一道道台阶，之后踏上田边杂草丛生的道路时，感到一阵奇怪的憋闷，如同立于高山之巅时的高原反应。那团团黑云般的蚊子嗡嗡地、凶残地扑过来向他进攻，贪婪地在他这个城里人所有的皮肤暴露部位叮咬，他都没有感觉到。直到上山的时候，他的憋闷感才消失。他的骑术不佳，悬崖像一条细长的石蛇，随着蜿蜒曲折的小道伸展开来，令人心惊胆颤，把他的注意力全吸引住了。他时时都警惕着，注意着坐骑迈出的每一步，集中全部精力，树立信心，来避免他觉得顷刻就会出现的眩晕。

"你看!"

胡安吓了一跳。

"你把我吓死了。我以为你睡着了呢。"

"别说话! 你看!"

"看什么?"

"你看，往那儿看!"

地面上，似乎就在瀑布轰鸣的地方，闪烁着光亮。

"是篝火。"达尉说，"我敢肯定，是他。我们过去!"

"还是等到天明吧!"胡安低声说。突然，他的喉咙干燥起来，仿佛着了火。"如果他看见我们，拔腿就跑，在黑暗中，我们绝对赶不上他。"

"瀑布那么响，他不会听到我们。"达尉说，声音坚定，并且拉起了弟弟的胳膊，"我们过去!"

达尉俯着身子，摆出像要往前跳跃的姿势，开始慢慢地贴着小山往前走去。胡安走在他的身边，跌跌撞撞，眼睛死死地盯着那忽大忽小、仿佛有人在用扇子扇动的火光。随着兄弟俩逐渐靠近，火光把周围的地方都照亮了：那是在小湖边，石子遍布，荆棘丛生。可是，他们没看见人影儿。事情虽然如此，可此时胡安完全肯定，他们在追赶的那个人就在那儿，就躲藏在离火光很近的黑暗里。

"是他!"达尉叫道，"你看见了吗?"

顿时，微弱的火舌照出了一个模糊的、瞬间即逝的人影，他正在烤火。

"怎么办?"胡安停下来喃喃自语道，但是此刻达尉已离开他，朝那张脸庞闪现了一下的地方跑去。

胡安闭上眼睛，想象着印第安人的样子：他蹲在那儿，双手伸向篝火，双眸由于火光的刺激而显得异常明亮。突然，一个东西扑到了他的身上，他以为是一只野兽，但此时一双大手已死死地扼住了他的脖子，于是他明白了一切。对这一来自黑暗的突如其来的进攻，他大概感到万分恐惧。他甚至没有自卫的意识，至多像蜗牛般缩起了身体，为了尽量少地受到攻击。他大概还睁大了眼睛，竭力想看清那个攻击者是谁。那时，他听出了攻击者的声音：“你干的好事，流氓！”“你干了什么呀！你这条狗！”胡安也听出了达尉的声音。他知道他正在用脚踢那个印第安人。有时他觉得哥哥的脚不像踢在印第安人的身上，而是踢在湖边的石头上。这大概使达尉更为恼火。起初，胡安听到的是沉默的哼叫声，仿佛是印第安人在漱口，尔后便只听到达尉怒不可遏的声音，他的威胁、他的辱骂。突然，胡安发现了自己右手中拿着的左轮手枪。他的手指轻轻压在扳机上。他惊愕地想，如果开枪射击，会把他的哥哥也打死的。不过，他没有收起手枪，相反，他一边走向篝火，一边感到十分冷静。

“行啦，达尉！”他喊道，“给他一枪，别打他了！”

没有回答。现在胡安看不到达尉和印第安人了。他们抱在一起滚出了篝火的光亮能照到的地方。他看不到他们，却能听到他们沉闷的扭打声，有时也听到辱骂和呼哧呼哧的喘气声。

“达尉，”胡安叫道，“你躲开，我要开枪了！”

他已经冲动到了极点。几秒钟之后，他又重复道：

“放开他，达尉！我向你发誓，我要开枪了。”

仍旧没有回答。

射出第一发子弹之后，胡安愣了一下，但马上又接着射击。他并不瞄准，只管把一发发子弹打出去，直至感到撞针撞在空弹舱中那金属质感的颤抖。他站在那儿，木头人儿似的一动不动，枪从他的手中掉下来，落在他的脚下。瀑布的喧嚣声在他的耳边消失了，他感到浑身在颤抖，衣衫被汗水浸透，几乎透不过气来。蓦的，他放声喊道：

"达尉！"

"我在这儿，畜生！"一个人在他身旁回答道，声音里充满恐惧和愤怒，"你想到过吗？你会连我一块打中的。你是疯了还是怎么的？"

胡安原地转了个身，伸出双臂抱住了他的哥哥。他贴在他身上，咕哝着说了些令人费解的话。他呻吟着，似乎没有听懂达尉想安慰他、叫他安静下来的话。胡安好长时间都重复着那些语无伦次的话，并且呜咽不止。当他终于安静下来的时候，他记起了那个印第安人。

"那个家伙呢，达尉？"

"那个家伙？"达尉已经完全恢复了平静，说话的语调十分坚定，"你怎么想到他还在这儿？"

篝火继续燃烧着，但光亮已十分微弱。胡安拿起最大的一根燃烧着的木柴去找印第安人。当他找到他的时候，用一种失魂落魄的目光观察了他一会儿，然后，木柴从他的手中落到地上，火熄灭了。

"你看到了吗，达尉？"

"是的，看到了。我们离开这儿吧！"

胡安身体僵硬，变成了聋子。仿佛在梦中，他觉得达尉在拖着他往山上走。他们花了很长时间上山。达尉一只手拿着手电筒，一只手拖着胡安，后者就像是破布做成的：他在坚硬的石头上打着滑，甚至在地面上被拖着走，没有丝毫反应。到达山顶之后，兄弟俩同时疲惫不堪地倒在地上。胡安用双臂抱着脑袋躺在那儿大口大口地喘着气。当他爬起来的时候，看到哥哥正用手电筒照着查看他的身体。

"你受伤了，"达尉说，"我给你包扎一下。"

他把一条手帕撕成两半，分别包扎在胡安的两条腿上。透过撕破了的裤子，可以看到胡安的双腿都染满了鲜血。

"在这儿只能临时处置一下，"达尉说，"我们赶快回去吧。你会感染的。你不习惯爬山。回去后，莱奥诺尔会为你治好的。"

两匹马冻得浑身哆嗦，嘴边满是蓝色的泡沫。达尉用手把那些泡沫擦去，抚摸了一下它们的脊背和臀部，并且亲热地在它们耳边用舌头打了几个响呵。

"我们马上就暖和了！"他对它们低声说。

当他们翻身上马的时候，东方已经破晓。山的周围泛起了淡淡的亮光，一条白色的光带沿着断断续续的天际伸展开来，但山下的深渊中仍是黑洞洞的一片。起程之前，达尉打开军用水壶，咕咚咕咚地喝了几口酒，然后把水壶递给胡安，可胡安不想喝。他们骑马走了整个上午，眼前的景色忧郁刺目，他们让马匹悠然地行走，并不去催赶它们。中午，他们停下来煮了咖啡，达尉吃了些卡米洛临行前为他们放在褡裢中的干酪和蚕豆。傍晚的时候，他们远远看见了一个用两段原木搭成的 X 形木架，上面挂了一块木板，写着"曙光庄园"。两匹马欢快地嘶鸣起来：看到那块木牌，它们知道已到达庄园的地界。

"啊呀！"达尉说，"总算到了。我可快要累趴下了，你的腿怎么样？"

胡安没有回答。

"你的腿疼吗？"达尉坚持问。

"明天我就去利马。"胡安说。

"怎么？"

"我再也不回庄园了。我对山讨厌透了。我要永远住在城里，不想知道乡下的任何事。"

胡安的眼睛朝前方看着，避开哥哥的目光，而达尉的眼睛恰恰正搜寻着他。

"现在你很紧张，"达尉说，"这很自然。我们以后再谈吧。"

"不，"胡安说，"现在我们就谈。"

"好吧，"达尉温和地说，"你怎么了？"

胡安转身对着他的哥哥，形容憔悴，声音嘶哑。

"怎么了？你知道你在说什么吗？你忘记了瀑布那儿那个家伙吗？如果我留在庄园里，久而久之，我也会认为干这种事是正常的。"

本来他还想加上"像你一样"，但是他没敢说出来。

"他是一条丑恶的狗。"达尉说，"你的疑虑是荒唐的。难道你忘了他对你妹妹干了什么事吗？"

此刻，胡安的马停下来，开始弓身纵起，用后腿支撑着整个身体竖起来。

"达尉，它要脱缰逃跑了。"胡安说。

"松开缰绳！你把它勒得太紧了。"

胡安把缰绳松开，马安静下来。

"你还没回答我呢，"达尉说，"你忘了我们为什么去找他吗？"

"不，"胡安回答说，"我没有忘。"

两小时之后，他们到了卡米洛的茅屋。那茅屋位于庄园和马厩之间，建在一块高地上。兄弟俩还未停住，茅屋的门便打开来，卡米洛出现在门口。他手里拿着草帽，恭敬地低着头朝他们走去，当他停在两匹马之间的时候，兄弟俩松开了马缰。

"一切都好吗？"达尉问。

卡米洛摇了摇头。

"莱奥诺尔姑娘……"

"莱奥诺尔怎么了？"胡安打断卡米洛的话，从马镫上站起来。

卡米洛的话讲得很慢，但也糊里糊涂。他说莱奥诺尔从窗户里看到两个哥哥黎明时离开庄园。待他们刚刚走出几千米，她便穿着马靴马裤出现在旷野里，喊叫着让卡米洛为她备马。卡米洛遵照达尉的吩咐拒绝了她的要求。那时，她坚定地走进马厩，像一个男人那样把马鞍、毛毯和一整套装饰华丽的马具举手放在那匹枣红马的马背上。那是曙光庄园里最年幼、最紧张的一匹马，也是莱奥诺尔最喜欢的一匹马。

莱奥诺尔正准备上马的时候，庄园里的女仆们和卡米洛拉住了她。折腾了好一阵，姑娘气急败坏地骂他们，打他们。她挣扎、恳求、要求他们放开她，让她跟在哥哥后边出发。

"啊，我要跟她算账！"达尉说，"是哈辛塔，我敢肯定。晚上我们跟莱昂德罗讲话时，她听到了。当时她正在上菜，肯定是她。"

卡米洛继续讲下去。他说莱奥诺尔姑娘激动万分，痛骂并用手抓了一阵他和女仆们之后，便开始又哭又叫起来，最后才回到房间。从那时起，她就一直闭门不出。

兄弟俩将马交给卡米洛，然后走向庄园的房舍。

"对莱奥诺尔，一句话都不能吐露。"胡安说。

"当然不能说。"达尉赞同道，"一句话都不能吐露。"

听到狗叫声，莱奥诺尔知道她的两个哥哥回来了。她正半睡半醒，忽然听到一声嘶哑的哼叫打破了夜间的寂静，接着便从她的窗下流星般跑过一个气喘吁吁的动物。那是斯波基，那疯狂的奔跑声和独特的吠叫，她一下子就听出来是它了。接着她又听到了怀孕的母狗多米蒂拉懒洋洋的奔跑和低沉的吼叫。但是，两条狗咄咄逼人的进攻行动戛然而止，代替吠叫的是哈哧哈哧的喘气声，它们向来都是以这种亲昵的喘气声迎接达尉的。莱奥诺尔透过窗缝看到她的哥哥们走近庄园的房舍，并听到大门打开、关上的声音。她等着他们走上楼梯，到达她的房间。当胡安伸手去敲门的时候，她把门打开了。

"喂，丫头！"达尉招呼道。

她让哥哥们拥抱了她，并把额头向他们伸过去，但是，她没有吻他们。胡安把灯打开。

"你们为什么不通知我？你们应该告诉我呀！我想去追赶你们，可卡米洛不让我去。你应该惩罚卡米洛，达尉，如果你看到他是怎样抓住我的。哼，他是一个无赖、一头蠢驴。我恳求他放开我，可他不理睬。"

她讲得振振有词，但由于激动，声音变得沙哑了。她披散着头发，打着赤脚。达尉和胡安想安慰她，试图使她安静下来。他们抚弄她的头发，朝她微笑，叫她小丫头。

"我们不想让你担心，"达尉解释道，"再说，我们到了最后一刻才决定，那时你已经睡着了。"

"事情怎么样？"莱奥诺尔问。

胡安从床上拿起一条毯子给他妹妹披上。她已经不哭了。她脸色苍白，半张着嘴巴，目光中充满焦虑。

"没什么。"达尉说，"什么事也没有，我们没有找到他。"

莱奥诺尔脸上紧张的神情消失了，嘴角露出宽慰的神情。

"不过，我们一定要找到他。"达尉说。他用一种含蓄的手势告诉莱奥诺尔应该躺下，然后便转身欲走出。

"等一下，你们别走。"莱奥诺尔说。

胡安没有动。

"怎么了？"达尉说，"你怎么了，小丫头？"

"你们不要再找那个家伙了！"

"你就别操心了，"达尉说，"把这件事忘了吧。这是男人们的事，让我们来处理吧！"

莱奥诺尔再次放声痛哭起来，而且这次哭得愈发厉害。她双手捧着脑袋，好像全身都触了电。她的喊叫声使狗都惊骇不已，在窗下汪汪汪地叫起来。达尉给胡安打了个手势让他劝劝她，但他站在那儿一声不吭，一动不动。

"好了，丫头，"达尉说，"别哭了，我们不再找他了。"

"你撒谎！你会杀了他的，我了解你。"

"如果你觉得那个无赖不该受惩罚，我就不会那样做。"达尉说。

"他跟我没发生什么事。"莱奥诺尔说，她这句话说得很快，而且咬着嘴唇。

"你别再想这事了，"达尉又说道，"我们把他忘了吧。你安静点儿，丫头。"

莱奥诺尔还是哭，她以泪洗面，连嘴唇上都挂着泪珠。披在她身上的毛毯已掉在地上。

"他没有伤害我，一点儿也没有伤害。"莱奥诺尔说，"我以前说了假话。"

"你知道你在说什么吗？"达尉说。

"我不能忍受他形影不离地到处跟着我，"莱奥诺尔嘟哝道，

"他整天都像个影子一般跟在我身后。"

"是我的错，"达尉痛苦地说，"让一个女人在田野里单独行动是危险的，所以我吩咐他照顾你。我不应该相信一个印第安人，所有的印第安人都是一路货色。"

"他没有伤害我，达尉。"莱奥诺尔喊道，"相信我吧。现在我对你说的是真话。不信你问问卡米洛，他知道我和印第安人之间没有什么事，所以他帮助他逃跑了。这事儿你不知道吗？对，是卡米洛帮他逃出庄园的，是我让卡米洛这么做的。我只想摆脱那个印第安人，所以编出了一段故事。卡米洛了解一切，你去问他好了。"

莱奥诺尔用手背抹去脸上的泪水，从地上捡起毯子披在肩上。她像是从一场噩梦中摆脱了出来。

"明天我们再谈这件事，"达尉说，"现在我们累了，要去睡一会儿。"

"不！"胡安说。

莱奥诺尔刚才忽视了胡安的在场，现在她看到他就在她的身边。他眉头紧锁，鼻翼忽闪忽闪地翕动着，有如斯波基的翘嘴巴。

"你把你刚才说的话再重复一遍，"胡安用一种奇怪的语调对她说，"你谈谈你是怎样对我们撒谎的。"

"胡安，"达尉说，"我想你是不会相信她的，她现在才是想欺骗我们。"

"不，我刚才说的是真话。"莱奥诺尔怒吼道，并轮番看着达尉和胡安，"那一天，我吩咐他让我单独行动，他不肯。我去了河边，他跟在我身后。我连安静地洗个澡都不可能。他站在那儿弯着腰看着我，活像个动物，让人十分别扭，所以我回来后就给你们讲了那件事。"

"胡安，你等一下。"达尉喊道，"你去哪儿？等一下。"

胡安听罢莱奥诺尔的叙述，毅然转身向门口走去。当达尉企图阻止他的时候，他突然发火了。他像着了魔似的破口大骂，骂他妹妹是婊子，骂他哥哥是无赖和独裁者。达尉想阻止他，他猛地将他推开，大步流星地走出去，一边走还在一边骂。莱奥诺尔和达尉从窗户里看到他奔跑着穿过旷野，像一个疯子般大喊大叫。他们看到他走进马厩，不一会儿便骑着光腚枣红马出来。莱奥诺尔聪明的小马温驯地按照那双有经验的牵马缰的手指出的方向前进。它不时神气地半回转着身子，改变着步伐，像扇扇子一般甩着亚麻色的尾巴一直走到路边上。那条路高高低低，曲曲弯弯，穿过群山、峡谷和广阔的沙滩，通向城市。但是，当胡安命令枣红马上路的时候，它反抗了。它突然用后蹄支撑着竖起身子嘶鸣不止，接着像舞蹈演员般原地转了个圈，调头飞也似的朝庄园的空地驰去。

"它会把他摔下来的。"莱奥诺尔说。

"不会。"达尉在她身旁说，"你看，他骑得很稳。"

许多印第安人跑出马厩的门外，惊讶地观望着胡安同枣红马的一场争斗。他没有马鞍，竟能如此稳当地骑在马背上，还疯狂地用脚猛踢马的肋腹部，用一只拳头狠击马的脑袋，这实在令人难以置信。他的击打激怒了枣红马，它忽左忽右地乱跑，又忽而弓身后蹄站立，忽而四蹄跳跃，忽而刹那间令人头晕目眩地奔驰，咯噔一下又戛然而止。然而，胡安这位骑士却像焊接在马背上一般。莱奥诺尔和达尉看到他忽隐忽现，骑术如此高明，就如最熟练的驯马员一般，惊讶得变成了哑巴，说不出一句话。忽然，枣红马终于投降了：它像害羞似的把俊俏的脑袋耷拉在地上，疲惫地呼哧呼哧喘着气老实下来。这时候，莱奥诺尔和达尉相信胡安要回来了。他真的引马往庄园的住所走去，到了门口停下来，但没有下马。他像是记起了一件什么事，调转马头，让马踏着轻快的碎步直奔那座人们称之为拉木戈雷的建筑物而去。在那儿，他翻身从马上跳下来。拉木戈雷的门紧紧关闭。胡安用脚把锁踹开，然后高声喊着让里边的印第安女人都出来，并告诉他们对他们的惩罚结束了。办完这件事，胡安又慢慢走回庄园的住所。达尉在门口等他。胡安显得十分平静，他一身大汗，眼睛中闪耀出骄傲的光彩。达尉走到他的身边，搂着肩膀将他拖到室内。

"走！"哥哥对弟弟说，"我们去喝一杯，也让莱奥诺尔给你治一下腿。"

星期天

一瞬间，他屏住呼吸，把五指攥在手掌中，飞快地说道："我爱上了你。"他看到她脸上立刻泛起红云，仿佛有人打了她的脸。她的脸本来苍白而光润，肌肤非常柔嫩。他说完话，顿时感到恐惧，惶惶然不知所措，舌根也变得僵硬。他想逃跑。在决定性的时刻，他总是干出这种泄气的事。在冬日阴郁的清晨，他刚才又导演了如此一幕。几分钟前，在米拉弗洛雷斯区中心公园熙熙攘攘的人群中，看到人们精神振奋，面带微笑，米格尔在心中一遍遍地对自己说："现在是时候了。到帕尔多大街的时候，我就有足够的勇气说出来了。啊，鲁文，如果你知道我是多么恨你……"更早一点儿的时候，在教堂里，他用目光到处寻找弗洛拉，最后终于远远地看到她站在一根柱子旁。他在女士们中间横冲直撞，也不请求原谅，用臂肘打开一条道，终于走到她的身边轻声向她问候。那时，他也像这天凌晨躺在床上等待黎明到来时那样一遍遍地在心中暗想："没有办法了，我必须今天就做，而且上午就做。鲁文，我要跟你算账。"前一天晚上，想到他要准备那次不光彩的伏击时，他哭了，那是许多年来他第一次哭。公园里依旧游人如织，帕尔多大街上却冷冷清清。他们沿着林荫道散步，走在那蓄着又密又长的头发的榕树下。"我得快点儿，"米格尔想，"否则我就泄气了。"他偷偷看了一下周围：一个人也没有。他可以试探一下了。他慢慢地把左手伸过去，直至触到她的手。当两手相碰的时候，他才发现身上冒了汗。他祈求出现奇迹，使自己那丢人的行为停下来。"我对她说什么呢？"他想，"我对她说什么呢？"她终于把手抽了回去。他产生了一种被遗弃感，觉得十分尴尬。那些预先精心准备好的闪闪发光的漂亮语句，现在像肥皂泡似的一个个破裂了。

"弗洛拉，"他吞吞吐吐地说，"这一刻我等了许久了。从我认识你的那天起，我就想着你。这是我第一次恋爱，请相信我，我从来没见过像你这样的姑娘。"

他的脑子里又出现了一片空白。他已经不能再增压了：他的皮肤如橡胶般被紧紧挤压着，攥在手掌中的指甲已触到了骨头。但是，他仍旧吃力地继续说下去，说得结结巴巴、羞羞答答，半天挤出一句话。他想解释，把他的行为说成欠考虑的一时冲动。总之，如果他莽撞了，希望得到她的原谅。最后，他终于感到轻松了，因为他发现已经到了帕尔多大街的第一个椭圆形装饰地段。那时，他不再讲话。弗洛拉就住在过了椭圆形装饰的第二和第三棵榕树之间。他们停下来，互相看了一眼。弗洛拉依然满脸绯红，由于惶惑，眼睛中闪现着潮润的光亮。米格尔心头涌起一阵悲凉，他心中想，他从来没见她如此漂亮：她用一根蓝丝带拢起了头发，露出洁白的脖颈和双耳，形如两个小巧的、十全十美的问号。

"你看，米格尔，"弗洛拉说，她的声音是柔和的，既动听又自信，"我现在不能回答你。不过，在我毕业之前，妈妈不让我跟男孩子在一起。"

"所有的妈妈都这么说，弗洛拉。"米格尔坚持道，"她怎么会知道呢？你说什么时间见面，我们就什么时间见面，哪怕只在星期天也可以。"

"我会回答你的，但我得先想一想。"弗洛拉说，眼皮垂下来。又过了一会儿，她补充道："对不起，现在我得走了，时间不早了。"

米格尔感到一阵深深的乏力，他觉得有什么东西在他周身扩展开来，使他的身体变软，使他的精神萎靡。

"你没生我的气，对吗，弗洛拉？"米格尔谦卑地说。

"别犯傻，"她热情地回答，"我没生你的气。"

"我等待你的回答，怎么回答都行。"米格尔说，"但是，我们继续见面，行吗？我们今天下午去看电影，好吗？"

"今天下午不行，"弗洛拉温和地回答，"玛尔塔约了我去她家。"

一股热乎乎的急流传遍米格尔的周身，他觉得深深地受了伤害，一时不知如何是好。那个回答是他意料中的，此刻他觉得太残酷了。看来，星期六下午梅拉内斯附在他耳旁恶狠狠说的那些话是真的。玛尔塔让他和弗洛拉单独在一起，那是她惯用的伎俩。之后，鲁文便可以向他的狐朋狗友们讲述他和他的妹妹怎样设计了这一事件发生的环境、地点和时间。作为对她的服务的报答，玛尔塔大概要求了站在窗帘后偷偷看他和弗洛拉表演的权利。想到这里，米格尔不禁怒火中烧，手心一下子急得冒出汗来。

"你不能这样，弗洛拉，咱们都已经说好了，还是一块去看下午场电影吧。我不再谈刚才的事，我向你保证。"

"不行，真的。"弗洛拉说，"我必须到玛尔塔那儿去。她昨天到我家来请我了。不过，到她家之后，我会跟她一块去萨拉萨尔公园。"

即便是姑娘最后的几句话也没有让米格尔看到希望。过了一会儿，他只好出神地站在那儿，看着弗洛拉娇美纤弱的身体消失在林荫道茂密的榕树拱形树冠下。他可能竞争得过一个简单的对手，但无力跟鲁文抗衡。他记起了那个星期天下午玛尔塔邀请的所有姑娘的名字。他知道他已经无能为力了，被打败了。这时，在他的脑海里又一次闪现出每当他遭受挫折时使他得以解脱的景象：在一片黑烟弥漫的、遥远的背景中，他率领着一连海军学校的士官生走向在公园中搭起的讲台，身着礼服、手持高顶礼帽的要人和珠翠闪光的贵妇们向他鼓掌。一大群人——其中有他的朋友，也有他仇人的面孔——站在人行道上惊讶地望着他，低声咕哝着他的名字。米格尔穿着蓝呢制服，背上披着宽大的斗篷，走在队伍的最前方，眼睛注视着天边。他手中举着剑，脑袋在空中画了半个圆：啊，弗洛拉在那儿，在讲台的中央，脸上泛着笑意。在一个拐角处，他发现了穿得破破烂烂、羞羞答答的鲁文。他只是向他投去一道蔑视的目光，便继续前进，消失在欢呼声中。

像镜子上的蒸汽被抹掉一般，那景象顷刻间消失了。他现在是站在自己的家门口。他恨所有的人，也恨自己。他走进家门，径直上楼到自己的房间去。他趴在床上，在温和的黑暗中，他的眼前立刻闪现出姑娘的面孔。"我爱你，弗洛拉。"他高声喊道。接着，他又看到了鲁文，后者翘起他那傲慢的下颚，面带敌意的微笑看着他。鲁文和弗洛拉肩并肩站在一起，并互相凑近，鲁文把嘴伸向弗洛拉的同时，也斜着眼睛讥诮地看着他。

米格尔从床上跳下来。他在衣橱的镜子里看到一张眼圈发黑的青紫色的脸。"不能让鲁文这小子看到她。"他下了决心，"不能让他对我干这事。我不能允许他如此欺侮我。"

普拉多大道依旧静悄悄的。他加快脚步朝这条大道和格拉乌大道的十字路口走去。到了那儿之后，他开始犹豫了。他感到冷飕飕的。他把外套忘在了房间里，身上单薄的衬衫难以抵御从海上吹来的风，并不时缠挂在沙沙作响的茂密的榕树枝杈上。弗洛拉那惊恐的面孔和鲁文同时给了他勇气，他继续往前走去。在蒙特卡罗电影院旁边的酒吧门口，他看到弗洛拉和鲁文坐在惯常的座位上，占据着左边的墙和尽头的墙构成的屋角。弗朗西斯科、埃尔·麦拉内斯、托比亚斯和埃尔·埃斯科瓦尔发现了他，顷刻的惊讶之后，他们把那兴奋的、居心不良的面孔转向了鲁文。米格尔立刻恢复了平静，在男子汉面前，他懂得应该如何表现。

"喂，"那些人向他打招呼，并且凑了过来，"有什么新闻吗？"

"请坐！"埃尔·埃斯科瓦尔拉过一把椅子推到他的面前，"怪了，什么风把你吹到这儿来了？"

"你好久都不来了。"弗朗西斯科说。

"我想你们了，想见见你们。"米格尔亲切地说，"我知道你们在这儿，有什么好惊讶的？难道我不是哥们儿了吗？"

他在埃尔·麦拉内斯和托比亚斯之间坐下来，鲁文坐在他的对面。

"孔乔！"埃尔·埃斯科瓦尔喊道，"再拿个杯子来，可不要太脏的。"

孔乔拿来了杯子，埃尔·埃斯科瓦尔往里斟满啤酒。米格尔提议为哥儿们干杯，并且先喝为敬。

"你差一点儿连杯子都喝下去了，"弗朗西斯科说，"真是太冲动了！"

"我敢打赌，你去了一点钟的弥撒，"埃尔·麦拉内斯说，像每次一样，他只要想搬弄是非，就会得意地眯起眼睛，"你说，是不是？"

"我去了！"米格尔神色自若地说，"但只是为了去看一个小女人，如此而已。"

米格尔用挑衅的目光看了一眼鲁文，但鲁文没有察觉那话是针对他而说的，他正在用手指在桌子上敲着鼓点，舌尖顶在两排牙齿之间低声哼着佩雷斯·普拉多的作品《波波夫姑娘》。

"真棒！"埃尔·麦拉内斯鼓起掌来，"棒极了，唐璜，给我们讲讲，看中哪个小女人了？"

"这是秘密。"

"在哥儿们中间不存在什么秘密，"托比亚斯提醒说，"难道你忘了？喂，说出来，是谁？"

"这跟你有什么关系？"米格尔说。

"太有关系了。"托比亚斯说，"我必须知道你跟谁在一起，才知道你是什么样的人。"

"喝你的酒吧，"埃尔·麦拉内斯对米格尔讲，"反正你去看的是个女人就是了。"

"那么，是要让我来猜她是谁吗？"弗朗西斯科说，"你不想猜猜看吗？"

"我已经知道是谁了。"托比亚斯说。

"我也猜出来了。"埃尔·麦拉内斯说罢，转身用眼睛盯住鲁文，声音里不含半点儿恶意，"那么，你呢，老弟，你猜那女子是谁？"

"不知道，"鲁文冷冷地说，"这跟我毫无关系。"

"我的胃都空得着火了，"埃尔·埃斯科瓦尔说，"没有人要杯啤酒吗？"

埃尔·麦拉内斯面带苦相地用一根手指在咽部划了一下，

说："我没钱，亲爱的。"

"我来买一瓶。"托比亚斯宣布道，一副神气十足的样子，"喂，哪位也来买一瓶？得把这个馋鬼胃里的火熄掉啊！"

"孔乔，来半打！"米格尔说。

小伙子们高兴得喊叫起来。

"你真够哥们儿！"弗朗西斯科说。

"脏哥们，身上长满跳蚤的哥儿们，"埃尔·麦拉内斯补充道，"没错，瞎扯淡的哥儿们！"

孔乔送来啤酒，大家一起喝了起来。接着，哥儿们一起听埃尔·麦拉内斯讲黄段子，赤裸裸、荒唐至极而又活灵活现。托比亚斯和弗朗西斯科争论起了足球，争得面红耳赤。埃尔·埃斯科瓦尔讲了一段奇闻轶事。他从利马区乘小公共汽车到米拉弗洛雷斯区来。其他哥儿们在阿雷基帕大街下了车。车开到哈维尔·普拉多大街的时候，抹香鲸托马索上来了。这个身高两米、患白化病的人仍然在读小学。他住在盖布拉达大街，你们懂了吗？他假装对汽车很感兴趣，向司机接二连三地提问题。他趴在前边的椅背上，用折刀轻轻地划车座的皮子。

"他做这事时看到我在那儿，"埃尔·埃斯科瓦尔说，"他想在我面前显摆显摆。"

"他是脑痴呆症患者，"弗朗西斯科说，"这事是十岁小孩干的，到他这年龄干这事太滑稽了。"

"后边发生的事就更滑稽了。"埃尔·埃斯科瓦尔笑着说，

"喂，司机，您没看到这个抹香鲸在破坏您的车吗？"

"什么？"司机突然刹住车问道，他的耳朵竖起来变得通红，眼睛瞪得有鸡蛋那么大。抹香鲸托马索俯冲到车门口，企图夺门而出。

"拿上您的刀子！"埃尔·埃斯科瓦尔提醒道，"您看您把位子弄成什么样子了？"

抹香鲸终于钻出了车门外，顺着阿雷基帕大街拔腿就跑。司机在后边边追边喊："抓住这个该死的家伙！"

"抓住了没有？"埃尔·麦拉内斯问。

"不知道，因为我也溜了。我偷了汽车发动机的钥匙作为纪念，这不，就在这儿。"

他从口袋中掏出一把镀银的小钥匙扔在桌子上。瓶里的啤酒都喝光了。鲁文看了看表，站起身来。

"我走了，"他说，"再见。"

"你别走，"米格尔说，"今天我发财了，我请大家吃午饭。"

大家争先恐后地过去拍他的肩膀，哥儿们都吵吵嚷嚷地感谢他，夸赞他。

"我不行，"鲁文说，"我有事。"

"有事就走吧，美男子，别说了！"托比亚斯说，"替我向玛尔塔问好。"

"我们会想念你的，老弟。"埃尔·麦拉内斯说。

"不行，"米格尔叫了起来，"要么我请所有的人，要么一个都不请。如果鲁文走，咱们就算了。"

"你听到了吧，鲁文哥们儿，"弗朗西斯科说，"你必须留下。"

"你必须留下，"埃尔·麦拉内斯说，"没什么好说的。"

"我得走。"鲁文坚持道。

"他要走是因为他喝醉了，"米格尔说，"是怕在大伙儿面前出洋相，就是这么回事。"

"有多少次你喝得像要死掉都是我把你送回家去的？"鲁文质问道，"有多少次为了不让你父亲抓住，我托着你爬过栅栏门回家！我的酒量比你大十倍。"

"你有酒量，"米格尔说，"可这会儿不行了。想比比看吗？"

"没问题，"鲁文回答，"晚上还在这儿见好吗？"

"不，现在就比！"米格尔转身对着所有的同伴，张开双臂说道，"哥儿们，我挑战！"

米格尔兴奋得眉飞色舞，他证实了那古老的习俗将他的权利保留得完美无缺。在他引发的一片欢腾喧嚷声中，他看到鲁文脸色煞白，不得不坐下来。

"孔乔！"托比亚斯喊道，"多拿些啤酒来，刚才有一个哥们儿挑战了。"

他们要了烤牛排和一打啤酒。托比亚斯在两个挑战者面前各放了三瓶，其余的分给大家。他们吃东西的时候几乎不说话。米格尔每吃一口牛排就喝一口酒，显出一副满不在乎的神气，但是，随着啤酒在他的嗓子里逐渐留下一种酸味，他越来越担心自己的酒量不行了。当双方把六瓶啤酒喝完的时候，孔乔早已把菜盘撤走了。

"下边听你的了。"米格尔对鲁文说。

"每人再来三瓶。"

新的一轮比赛开始后，米格尔刚喝完第一杯，就感到耳朵嗡嗡作响，脑袋也像一个转盘般慢慢地晃起来，感到天旋地转。

"我要撒尿，"他说，"我得到厕所去。"

哥儿们齐声大笑起来。

"你投降了？"鲁文问。

"我去撒尿，"米格尔喊道，"如果你愿意的话，再叫孔乔送些来。"

在厕所里，米格尔吐了，然后他仔细地洗了脸，尽量不留任何痕迹。他的手表指着四点半。尽管他身体十分不舒服，但他还是满心欢喜，因为鲁文的计划全被他破坏了。他回到了哥儿们待的地方。

"干杯！"鲁文举起杯子喊道。

"他疯了。"米格尔想，"可是，我已经把他涮了。"

"我闻到了尸体味，"埃尔·麦拉内斯说，"有人要死在这儿了。"

"我还好好的！"米格尔断言道，他竭力控制着恶心和头晕。

"干杯！"鲁文再次挑衅道。

当他们把最后一瓶啤酒喝光的时候，米格尔的胃似乎变成了铅做的。别人的说话声在他的耳际变成了乱糟糟的喧哗。一只手突然出现在他的眼下，那只手是白皙的，手指是细长的。它抓住他的下巴，将他的头托起来。那时，他看到鲁文的脸变大了，头发乱蓬蓬的，满面怒气，样子十分可笑。

"你这个拖鼻涕的小子认输了吧？"

米格尔猛地站了起来，使劲推了一下鲁文。但是，在他们打起来之前，埃尔·埃斯科瓦尔进行了干预。

"哥儿们是从来不打架的。"埃尔·埃斯科瓦尔说，并且让他们俩都坐下来，"他们俩都醉了，比赛到此结束，投票表决判胜负吧！"

埃尔·麦拉内斯、弗朗西斯科和托比亚斯勉勉强强同意他们算打成了平手。

"我赢了他，"鲁文说，"这小子连话都说不出来了，你们看看他。"

的确，米格尔的视线已模糊不清，嘴巴张着，舌头上流着口水。

"住嘴！"埃尔·埃斯科瓦尔喝道，"要说喝啤酒，在我们这儿，你可称不上冠军。"

"对，喝啤酒你可称不上冠军。"埃尔·麦拉内斯又强调了一句，"你只是游泳冠军，在游泳池里你是英雄。"

"你最好别说话，"鲁文说，"你没看到嫉妒使你变坏了吗？"

"米拉弗洛雷斯的埃斯特尔·威廉姆斯万岁！"埃尔·麦拉内

斯喊道。

"油嘴滑舌的小老头儿，你根本不会游泳，"鲁文说，"要我来给你上上课、教教你吗？"

"我们知道你创下的奇迹。"埃尔·埃斯科瓦尔说，"你拿了一次游泳冠军，所有的姑娘都对你着了迷。你是一个小冠军。"

"这冠军不值钱，"米格尔吭吭哧哧地说道，"全是花架子。"

"你马上要死了，"鲁文说，"要我把你送回家吗，小姑娘？"

"我没有醉，"米格尔不服输地说，"你搞的全是花架子。"

"我刺着你了，因为弗洛拉不跟你，要跟我了。"鲁文说，"你嫉妒死了，你以为我看不出来吗？"

"全是花架子。"米格尔说，"你赢得了冠军，是因为你父亲是游泳联合会主席，所有人都知道他搞了阴谋。他取消了科内霍·比利亚朗的参赛资格，所以你拿到了冠军。"

"我至少比你游得好，"鲁文说，"你连冲浪都不会。"

"是个人都比你游得好，"米格尔说，"跟谁比你都是草包。"

"对，谁都比你强，"埃尔·麦拉内斯说，"就连米格尔都比你游得好，尽管他婆婆妈妈的像个老娘们。"

"好吧，你们愿意拿我开心就开吧。"鲁文说。

"你就是草包一个，还有什么好说的。"托比亚斯说。

"现在说什么都没用，因为现在是冬天。"鲁文说，"否则，我会向你们挑战，咱们到海边去，下到水里，看你们还会不会说那么多废话。"

"你得了冠军全靠你父亲，"米格尔说，"你搞的那些全是花架子。什么时候你愿意，咱们两个比试比试游泳，告诉我一声就行了。你可要有信心，在海滨也行，在屋顶平台游泳池也行，随你的便。"

"在海滨。"鲁文说，"现在就去。"

"你那些货色全是花架子。"米格尔说。

鲁文的脸上立刻闪出了光彩，他的目光中除了仇恨，还充满傲慢。

"我跟你打赌，看咱们谁先游到小岛那儿。"他说。

"你只会搞花架子。"米格尔回答道。

"如果你赢了，"鲁文说，"我向你保证，我再也不跟你争弗洛拉。如果我赢了，你就乖乖地躲到一边去。"

"看你那趾高气扬的样子，"米格尔咕哝道，"真该死，你简直翻了天了，有什么了不起！"

"哥们儿，"鲁文张开双臂喊道，"我在挑战！"

"现在米格尔没辙了，"埃尔·埃斯科瓦尔说，"你们何不掷钱币猜正反面，打赌看谁赢得弗洛拉？"

"用不着你插嘴，"米格尔说，"我接受挑战。我们到海滨去。"

"你们疯了？"弗朗西斯科说，"天这么冷，我不去海滨，你们打别的赌吧！"

"他接受了挑战，"鲁文说，"我们走吧。"

"当一个哥们儿挑战的时候，谁也别多嘴，"埃尔·麦拉内斯说，"我们到海滨去。如果他们不敢下水，我们就把他们推到海里去。"

"他们两个都醉了，"埃尔·埃斯科瓦尔坚持道，"这种挑战不算数。"

"闭上你的嘴，埃斯科瓦尔，"米格尔怒吼道，"我是大人了，用不着你管我。"

"好吧，"埃尔·埃斯科瓦尔耸耸肩膀说，"你就找倒霉吧，没别的。"

他们走出了酒吧。外边的气氛是平静的，空气是灰色的。米格尔做了几个深呼吸，感到舒服了许多。弗朗西斯科、埃尔·麦拉内斯和鲁文走在前面，米格尔和埃尔·埃斯科瓦尔走在后边。走到格拉乌大街的时候，他们看到了几个行人，多数是休息日出来逛街的女仆，她们的衣着十分艳丽；几个脸色灰白、头发又粗又挺的男人在她们周围转来转去，用贪婪的目光看着她们。她们不时地笑着，露出黄澄澄的金牙。哥儿们没有去注意她们，他们只顾大步流星地往前走，心情愈来愈兴奋。

"酒劲过去了吗?"埃尔·埃斯科瓦尔问米格尔。

米格尔回答说："对，新鲜空气使我好受多了。"

在帕尔多大街街角处，他们拐弯了。他们如一支军人小分队，排成一行，走在林荫道的榕树下。林荫道上铺着小石板，不时有粗大的树根拱出地面，像铁钩一般将石板死死地嵌住。当他们沿斜街而下的时候，碰上了两个姑娘，鲁文彬彬有礼地俯身向她们致意。

"你好，鲁文。"两个姑娘像唱歌般同时问候他。

托比亚斯也尖起嗓子模仿着两个姑娘说道：

"你好，鲁文王子。"

斜街通至一道小小的山谷，在那儿突然分了岔：一条道弯弯曲曲地顺着防波堤延伸，上面铺了沥青，闪闪发亮；另一条道沿斜坡而下，绕着小山延伸，直到海边。沿山而下的这条道叫海浴路，石子铺路，十分平坦，而且由于常年跑汽车和洗海澡的人走过，磨得光亮闪烁。

"我们来暖和暖和身子吧，冠军们！"埃尔·麦拉内斯喊道，说罢便跑了起来，其他人也跟他一起跑起来。

小伙子们顶着风和从海滩升腾起来的淡淡薄雾一起奔跑着，心情十分激动。新鲜空气透过他们的耳朵、嘴巴和鼻子钻进他们的肺中，随着道路坡度的减小，他们周身感到一种舒适和轻松。有一阵子，他们的脚简直是在听从一种来自大地最深处的神秘力量而行走着。小伙子们的双臂像螺旋桨，呼吸着带咸味的气体，飞快地沿着斜坡路跑下去，跑到洗海水浴的人用来更衣的小房子上方的平台上。在离岸五十米开外的地方，可以隐隐约约地看到盖在浓云下的大海，而那些浓云仿佛随时都会冲击海岸上的悬崖峭壁——沿着整个海湾矗立着的一个个黑乎乎的庞然大物。

"我们回去吧！"弗朗西斯科说，"我感到很冷。"

在平台边上有一道围栅，围栅上挂满一片片的苔藓。围栅的开口处便是一道小阶梯的上端，那小阶梯几乎是垂直的，一直通到海边。哥儿们从那儿往下看，在他们的脚下，有一道不长的水带，那异乎寻常的水面上波涛汹涌澎湃，发出隆隆的响声，盖满白色的浪花。

"如果这个家伙认输，我可以回去。"鲁文说。

"谁认输了？"米格尔反驳道，"你可真不知天高地厚！"

听罢这话，鲁文一边解着衬衣的扣子，一边蹦蹦跳跳地走下小阶梯。

"鲁文！"埃尔·埃斯科瓦尔喊道，"你疯了？回来！"

但是，米格尔和其他人也走下了小阶梯。埃尔·埃斯科瓦尔只好无可奈何地跟了下去。

一排又长又窄的楼房倚靠在小山上，这里是夏天洗海水浴的人下榻之处。从楼房的扶手到海湾边上，有一片用铝灰色石头砌成的斜坡，洗海水浴的人就在那儿晒太阳。从清晨到黄昏，小小的海滩上一片欢腾。现在这个季节，海水漫过了斜坡，没有五颜六彩的遮阳伞，也不见皮肤晒成古铜色的性感姑娘，听不到一道波浪涌过来又拖着哗哗响的碎石子退回去之前打湿女人和孩子们的衣衫时她们那夸张的喊叫声。海滩完全不见了，因为海水一直涨到了将楼房支撑在空中的立柱下边。当回头浪溅起高高的浪花时，木制楼梯几乎被淹没了。粗大的洋灰柱上挂满钟乳石状的装饰物和海藻。

"看不见小岛，我们怎么办？"鲁文问。

他们站在左边的通道上，即女人们下海的地方，个个神情严肃。

"你们等到明天吧。"埃尔·埃斯科瓦尔建议道，"中午的时候，天就会晴了，那时我们将能看顾你们。"

"既然已经来了，还是现在就下海吧！"埃尔·麦拉内斯说，"他们可以自己看顾自己。"

"我觉得很好，"鲁文说，"你呢？"

"我也没事。"米格尔答道。

当鲁文和米格尔脱光衣服的时候，托比亚斯拿米格尔光滑的肚子上那一道道的青筋开起了玩笑。两个对手走上了台阶。由于数月来海水不停地冲刷，台阶的木板又滑又软。为了不跌倒，米格尔用手紧紧抓住铁栏杆。他又惊恐又寒冷，一阵颤抖从脚掌直蹿到头顶。他想：说不定雾气和寒冷对他有利，在这种情况下，胜败已不由技术决定，更重要的是看抵抗力。鲁文的皮肤也冻成了青紫色，浑身布满了鸡皮疙瘩。等下到适当的台阶时，鲁文那苗条的身体往前弯过去。他铆足劲儿，等待着一个回头浪完全退回和下一个浪涛推着一片白色泡沫无声无息地到来。当浪峰距阶梯只有两米远的时候，鲁文跳了下去：他的双臂像两只长矛，头发被气流打得乱蓬蓬的，身体划破空气直直地跃入水中，连个弯儿都没打。他没有低下头，双腿也没有弯曲，身体在白色的浪花上被反弹回来之后，立刻又借着劲儿漂进了大海。在四处飞溅的浪花中，他的双臂忽隐忽现，双脚飞快而有节奏地击着水。与此同时，米格尔又下了一级台阶，等待着下一道浪涌来。他知道那儿的水很浅，应该像一块木板似的平平地跃入水中，不要划水，让身子自然漂动，否则就会撞上石头。他闭上眼睛，狠狠心跳下水去。他没有触到海底，但是他的整个身体——从额头到双腿——都遭到了海浪的冲击，当他拼命划动双臂力图使他的肢体重新获得被寒冷的海水夺去的温暖时，他感到身上有一种火辣辣的疼痛。米拉弗洛雷斯这片海是非常奇特的：回头浪和从海面冲来的浪汇合在一起，形成一个个漩涡，形成一道道激流。夏天已过去了那么久，以致米格尔完全忘记了如何轻而易举地对付这种情况。他已不记得此时应该完全把身体放松，安安静静地随水漂流，只等冲过一道浪、位于浪峰上时才需要划水，躲开白花花的浪花、冲过激流的时候才需要划水。他已经忘记应该拿出最大的耐心和某种狡猾来对付岸边的海水，这种海水会猛烈地冲撞你的四肢，阻止你的身体前进，并且把一股股的水流喷向你的嘴巴和眼睛。不要去跟这种海水搏斗，而应该变成一个软木塞在它上边漂浮，每当一道浪冲来，就深深地吸一口气潜入水中，等待着浪涛在远处轰隆一声爆炸开来，变成缓缓的波浪涌过来。如果那浪涛是在你附近爆炸开来的，你甚至可以一直潜到海底，抓住一块石头，静静地等待着它在你头上轰轰隆隆地过去；然后，你便猛地一下从水底钻出来，挥动双臂，继续从容不迫地往前游去，直至遇到新的障碍。当新的障碍到来时，你又要把身体完全放松，随波逐流，不要去搏击，更不要去跟那些漩涡斗，待到时机成熟时，你就自然地转过身来，随着波浪盘旋上升，最后突然用力划水，冲过那道障碍。这之后，你便进入了比较平静的水域，虽有浪涛，但已不至于对你造成危害。再之后，水流变得清澈而平缓，有些地方，水下的石头已隐约可见。

穿过岸边波涛汹涌的水面之后，米格尔停了下来，他感到浑身无力，深深地吸了一口气。他看到鲁文在离他不远的地方看着他，头发湿漉漉地贴在前额上，打着小卷卷，紧紧地咬着牙齿。

"我们往前游吧？"

"往前游。"

游了几分钟之后，米格尔感到那暂时消失的寒冷又重新向他袭来。他加快了腿部击水的节奏，因为他感到他的小腿，特别是腿肚子，也就是同水碰击最激烈的部位，起初麻木，随即变得僵硬了。他把脸埋在水中游着，每当右臂挥出水外时，就转过脸去吐出憋在胸中的气，并且迅速地再吸一口气，为的是重新把前额和下额埋进水中继续往前游。这种姿势有利于他像船头劈开水一般提高游泳速度。米格尔每划动一次手臂就看一眼鲁文，只见他在水面上游得轻松愉快，自由自在，也不激起浪花，那股潇洒自如的劲儿仿佛在海面上滑翔的海鸥。米格尔试图忘掉鲁文，忘掉大海和小岛（小岛距这儿大概还很远，因为海水是清洁、平静的，只是轻轻地波荡着）。他只想记起弗洛拉的脸，记起她手臂上的汗毛，那些汗毛在阳光下闪闪发光，酷似金丝组成的小森林。但是他无法避免紧接着姑娘的形象又会出现另一个形象，后者雾蒙蒙地发出雷鸣般的响声，以排山倒海之势扑过来，将弗洛拉的身影淹没得无影无踪，这就是那汹涌澎湃的、大山般的巨浪。他尚未游到小岛附近。两年前，他曾经游到过小岛那儿，那儿的浪也很高很大，喷溅着深绿色、黑乎乎的浪花，因为到了那儿之后，海底已不是石头，而是污泥，污泥被海水冲到水面，还夹杂着一团团的海藻，十分肮脏。这会儿，他们离小岛还有相当的距离，处在宽阔的海面上，但是，由于大海内部灾难性的活动，这里的浪涛高大得令人心惊胆寒。它可以吞掉整条大船，瞬间把它打翻，将旅客、救生艇、桅杆、船帆、舷窗、海员、浮标和旗帜统统抛向空中。

米格尔停下来，将身体沉入水中，垂直站立着，扬起脑袋。他看到鲁文已经游远了。他想找个借口把鲁文叫住，劝他一起休息一会儿，但是他没有这样做。他全身的寒冷似乎都集中到了腿肚子上，感到全身麻木，皮肤绷得紧巴巴的，心脏也加快了跳动。他使劲地活动着双脚。他正处在深水区，海水的颜色很深，而雾气又像是在他面前筑起了一堵大墙。他想看到海岸，至少想看到悬崖峭壁的影子，但是，大雾正在消散，在他的眼前形成一道模糊的薄纱，遮住了他的视线。他只能看到不大的深绿色的海面和贴着海面的团团云雾。那时，他感到恐惧了。他突然记起了他喝的啤酒，心想："肯定是这东西让我缺乏力气。"顷刻间，似乎他的手脚都不见了。他决定回去，但是，刚朝海岸的方向游了几下，他马上又调转身轻轻地往海中游了。"我自己游不到海岸，"他心想，"最好追上鲁文，靠在他身边游。如果我筋疲力尽了，就对他说，他赢了，我认输，我们可以一块游回去了。"此时他已不讲究游泳姿势了，高高地扬起头，用僵硬的双臂拍打着水面，眼睛死死地盯着那个不慌不忙地游在他前方的身体。

慌乱和设法求生的努力使他腿部的麻木消失了，身体重新获得了一点热量，他和鲁文拉开的距离渐渐缩小了，这种情况又使他的情绪安定下来，很快他就赶上了鲁文。他伸出一只手抓住了鲁文的一只脚。鲁文马上也停住了。他两眼通红，张着大嘴。

"我觉得我们游的方向不对，"米格尔说，"我看我们是在顺着海岸游。"

他的牙齿由于寒冷而格格作响，声音却粗壮有力。鲁文环顾四周，米格尔紧张地注视着他。

"已经看不到海岸了。"鲁文说。

"看不到好久了，"米格尔说，"雾很大。"

"我们游的方向没错，"鲁文说，"你看，已经看到泡沫了。"

的确，在他们周围的一道道波浪中漂着许多泡沫。这些泡沫忽而爆裂，忽而重新形成，反反复复，非常有趣。他们默默无言地互相看了一眼。

"看来我们离小岛已经不远了。"米格尔终于说道。

"对，我们游得很快。"

"我从没见过这么大的雾。"

"你很累了吧?"鲁文问。

"我?你疯了吧!我们接着往前游吧。"

话一出口,他马上后悔了,但已无法收回,鲁文已经响应,说:"好,我们往前游。"

米格尔开始一下一下地数着往前游,刚刚游了二十下,他就感到不行了:他几乎已无法前进,右腿冻得打不起弯,双臂也感到笨拙而沉重。他气喘吁吁地喊道:"鲁文!"鲁文继续往前游着。"鲁文!鲁文!"米格尔调转头来开始往岸边游。与其说那是游泳,不如说是在水中扑腾。他感到绝望了,马上想到恳求上帝来救他。他对上帝说,以后他要好好表现,听爸爸妈妈的话,礼拜天去做弥撒。提到做弥撒,他突然记起了他对哥儿们说过的掏心窝子的话:他去了教堂,"但只是为了去看一个小女人,如此而已"。一念及此,他的心像是被利刃戳了一下:天呐,现在上帝是来惩罚他了,要把他淹死在这波浪翻滚的浑浊的海水中了。在海水下面,等待他的是一种惨不忍睹的死亡,尔后,也许就要进地狱了。在这痛苦万分的时刻,像听到回声般地,在他的耳际响起了阿尔贝托神父在宗教课上讲到的"上帝无限慈悲"。于是,他一边用手臂扑打着海水,双腿已经如铅条般沉在水中了;一边蠕动着双唇乞求上帝看在他那么年轻的份儿上,对他大发慈悲。他发誓说,一旦得救,他就去上神学院。但是,瞬间,他又改变了主意,因为他感到害怕。他许诺说,他不想做牧师,而是打算去祭神和干其他事情,去从事慈善事业。但是,此时他又意识到，这种犹豫不决和讨价还价会给他带来灭顶之灾。不巧这时传来了鲁文发疯般的叫声，那喊声就在附近，他回头一看，瞧见鲁文就在大约十米开外的地方，半张脸浸在水中挥动着一只胳膊向米格尔恳求道："米格尔，小兄弟，快过来，我要淹死了，你别走。"

听到鲁文的喊声，米格尔一时手足无措，停在那儿不动了。但是，突然间，鲁文的绝望像是将米格尔的绝望驱赶走了，随即，他感到重新获得了勇气，双腿也不那么僵硬了。

"我的胃痉挛起来。"鲁文尖厉地喊道，"我支持不住了，米格尔，救救我，无论如何你要救救我。别不管我，小兄弟。"

米格尔向鲁文游去。当快要接近他的时候，他忽然记起，遇难者一旦抓住救他的人，就会死死地抓住不放，两个人会同时淹死。于是，他又游开了。但是，鲁文撕心裂肺的喊叫声使他恐惧不已，他预感到，一旦鲁文被淹死，自己也回不到岸上，所以他又转身向鲁文游去。在离鲁文两米远的地方，他看到鲁文抽缩着身体一会儿浮上来一会儿沉下去。他高声喊道："你别动，鲁文，我来拖你，但是你不要抓住我，如果你抓住我，咱们会一块儿沉下去淹死。鲁文，小兄弟，你老老实实待着，我来拖你的脑袋，你不要抓我。"他在适当的地方停住，伸出一只手臂抓住鲁文的头发，然后用另一只空出来的手臂开始划水游起来，并且竭尽全力用双腿帮助自己。他游得很慢，很吃力。他只顾全神贯注地游泳，几乎没听到鲁文那单调的哼哼咿咿的呻吟声和偶尔发出的令人毛骨悚然的喊叫声："我要死了，救救我，米格尔！"他也没有感觉到由于胃痉挛，自己在浑身打颤。当他停下来的时候，他已经筋疲力竭了。他一只手支撑着鲁文，另一只手在水面上画着圆圈儿。他深深地用嘴吸了一口气。由于痛苦，鲁文的面部抽缩着，双唇紧闭，露出一副罕见的怪相。

"小兄弟，"米格尔低声说，"快到了，再坚持一下。回答呀，鲁文。你喊呀，别这样呀！"

米格尔使劲在鲁文脸上拍了几下。鲁文睁开眼睛，无力地摇了摇头。

"你喊呀，小兄弟，"米格尔重复道，"你用力把身体舒展开，我给你按摩一下胃，已经不远了，别泄气。"

米格尔的手在水下寻找着，终于在鲁文的肚脐下摸到一个鼓起，那鼓起占了他肚子的大半。米格尔在那处轻轻地揉着，揉了许多次，先是慢慢地揉，尔后便加大了力气。终于，鲁文喊了起来："我不想死，米格尔，救救我。"

米格尔重新拖着鲁文游起来，这一次是拖着他的下巴。每当一道浪打过来的时候，鲁文就喝一口水，那时，米格尔便高声喊着让他吐出来。米格尔继续一刻不停地往前游着，有时闭着眼睛。他感到来了精神，因为他的心中产生了一种信心，那信心有点热乎乎的，令他自豪，令他感到鼓舞，保护他免受寒冷和疲倦的困扰。无意中，他的脚碰到了一块石头，他喊了一声，更加卖力地往前游去。又过了一会儿，他可以站起来了。他用双臂抱住了鲁文，把鲁文紧紧抱住，让他的脑袋枕在自己的臂膀上，休息了好一会儿。然后，他用手臂支撑着鲁文，让他仰起身子，伸开双腿。他又在鲁文腹部做起了按摩，直至那个鼓起消失。鲁文已经不喊叫了，他努力将全身放松，双手也互相揉搓着。

"你好点儿了吗？"

"好点儿了，小兄弟，我没事了，咱们上岸吧。"

当他们弯着腰、迎着回头浪、踩着石头往前走的时候，他们心中的欢喜是不可言状的。海胆刺着他们的脚，他们也全然不感觉痛了。又过了一会儿，他们看到了美化悬崖峭壁的雕刻艺术，看到了洗海水浴的人下榻的酒店。最后，在接近海岸的时候，看到了哥儿们，那些人站在女士用的下海阶梯上，目不转睛地注视着他们。

"喂！"鲁文招呼米格尔。

"怎么了？"

"你什么也别对他们说，求您了，别对他们说我喊叫的事。我们一直是很好的朋友，米格尔，别把我的事告诉他们。"

"你认为我是那种无情无义的人吗？"米格尔说，"我什么都不会说，你放心好了。"

他们冻得上牙打着下牙走上岸去，在哥儿们的一片欢呼声中坐在阶梯上。

"我们都想去你俩家中表示沉痛哀悼了。"托比亚斯说。

"你们在海里待了一个多小时，"埃尔·埃斯科瓦尔说，"把事情的经过给我们讲一讲。"

鲁文一边不慌不忙地用汗衫擦干身子，一边泰然自若地说：

"没什么。我们游到了小岛又游了回来。我们就是这样的哥们儿。米格尔以一臂领先赢了我。当然，如果是在游泳池里，他可就不行了。"

这时，祝贺的巴掌像雨点般拍在没擦干身子就穿上衣服的米格尔的后背上。

"你要成为一个男子汉了。"埃尔·麦拉内斯对米格尔说。

米格尔没有说话，只是笑了笑，他想当天晚上就到萨拉萨尔公园去。他明白，通过埃尔·麦拉内斯的嘴，整个米拉弗洛雷斯区的人都会知道他经受住了考验，完成了英雄壮举，战胜了鲁文；弗洛拉眼里将会闪着动人的光彩等着他。在他的面前，将展开金灿灿的前程。

来访者

流沙地一直伸延到客栈前，在那儿终结。在充当客栈大门的空间里，或者说在一片芦苇中，可以看到一片白色的、毫无生气的地面，也可以看到它最远端的天空。在客栈的后方，地面是坚硬、凹凸不平的。在不到半公里开外，便开始出现光秃秃的群山。那些小山逐渐增高，并且紧紧地连在一起，山头直插云间，像针，又像斧头。左边是狭窄而曲折的林带，树木沿着流沙地边缘连绵不断，一直延伸到两座小山之间，那儿距客栈已很远。树林之中，灌木、野生植物和直立的枯草遮掩一切：干裂的土地、蛇和一小片一小片的沼泽地。但是，这道林带只不过是大森林的前奏曲和前哨，到达一座高山下的洼地处就结束了。在这道林带的后边，才是真正广阔的大森林。堂娜·梅塞迪塔斯对此了如指掌。几年前，她爬上了那座山的顶峰，从那儿往下眺望，感到惊讶不已：透过在她脚下飘动的云团，她看到纵横一望无际的郁郁葱葱的林海间，竟然茂密得不见一点空隙。

　　此刻，堂娜·梅塞迪塔斯正躺在两条口袋上打盹儿。再过去一点儿，一只山羊正在用嘴拱着沙地，使劲地咀嚼着一片木头，时而对着下午温和的空气咩咩咩地叫着。突然，它竖起耳朵，露

出一副惊恐的神色。女人半睁开眼睛说道:

"怎么了,库埃拉?"

山羊想挣脱将它拴在木桩上的绳子跑掉。女人吃力地站了起来。在约五米开外的地方,清清楚楚地站着一个男人,影子映在他身前的沙地上。女人把手放在前额上遮住太阳,迅速往四周看了一下,然后一动不动地站在那儿。男人离她很近,高高的个儿,十分肮脏而瘦弱,皮肤黝黑。他有一头鬈发,眼睛中流露出嘲讽的神情。褪了色的衬衫在他一直卷到膝盖的台面呢长裤上飘动着。他的双腿酷似两根黑色的菱形木棍。

"下午好,梅塞迪塔斯夫人。"他的声音是悦耳动听的,但也是嘲弄的。女人的脸色唰地变得煞白。

"你想干什么?"她低声说。

"你认出我来了,对吗?噢,我很高兴。如果您发点儿慈悲,我很想吃点儿什么,当然,也想喝点儿什么,我渴极了。"

"客栈里有啤酒和水果。"

"谢谢,梅塞迪塔斯夫人,您真是太好了,您永远是那么好。您可以陪陪我吗?"

"干吗要陪你?"女人恐怖地看了他一眼,她已经上了年纪,身体发胖,但皮肤光润。她打着赤脚。

"你是认识客栈的。"

"噢!"男人用亲切的语调说,"我不喜欢一个人吃饭,那太凄凉了。"

女人犹豫了一下，然后便在沙地里拖着双脚向客栈走去。进去之后，她打开一瓶啤酒。

"谢谢，非常感谢，梅塞迪塔斯夫人。但是，我更喜欢喝牛奶，既然这瓶啤酒已经打开了，你干吗不自己把它喝下去？"

"我不想喝。"

"啊，梅塞迪塔斯夫人，别这样，为我的健康把它喝下去吧！"

"我不想喝。"

男人的脸色一下凶了起来。

"你聋了？我叫你把这瓶啤酒喝下去。干杯！"

女人伸手抓起酒瓶，一小口一小口地慢慢把啤酒喝光。在百孔千疮的柜台上，一只闪闪发光的金属杯子盛满牛奶。男人用大手把在杯子周围嗡嗡飞着的苍蝇赶走，端起杯子"咕咚咕咚"地喝了起来，先是他的双唇被包在那洋铁皮的笼头里，继而他用舌头咂咂有声地舔干净挂在唇边的牛奶。

"啊！"他一边继续舔着嘴唇一边说道，"这牛奶味道好极了，真鲜美，梅塞迪塔斯夫人。我看这是山羊奶，对吗？我很喜欢。你的啤酒喝光了吗？干吗不再开一瓶？为健康干杯！"

女人没抗议，服从了。男人狼吞虎咽地吃了两根香蕉和一个橘子。

"喂，梅塞迪塔斯夫人，你别那么急急忙忙地喝啤酒，酒都顺着你的脖子流下来了，要弄湿你的衣服了。你别这么糟蹋东西。再开一瓶吧，为奴玛干杯。对，再干一杯！"

男人一遍又一遍地重复着"干杯"，直至柜台上摆出了四只空啤酒瓶。女人的视线模糊了，打着嗝，吐着唾沫，坐在了水果口袋上。

　　"我的上帝！"男人说，"你是什么样的女人？是一个小酒鬼，梅塞迪塔斯夫人。请原谅我对你这么说。"

　　"你对一个可怜的老太婆这么做，是会遭报应的，哈马伊基诺，等着瞧吧！"她的舌头有点儿不听使唤了。

　　"真的吗？"男人厌烦地说，"顺便问一下，奴玛什么时候来？"

　　"奴玛？"

　　"噢，你可真够呛，梅塞迪塔斯夫人，你什么时候才能懂点儿事儿？奴玛几点钟来？"

　　"你是一个肮脏的黑鬼，哈马伊基诺，奴玛会杀了你。"

　　"别这么说，梅塞迪塔斯夫人！"哈马伊基诺打着哈欠，"好吧，我看我们还有些时间，肯定要等到晚上了。那么我们先睡一会儿吧，你觉得怎样？"

　　说罢，他站起来走了出去。他走到山羊那儿去了。山羊用不信任的目光看着他。他把山羊解开，牵着它，一边吹着口哨，一边像螺旋桨般甩着手中的绳子又回到客栈去。但是，女人已不见了。男人脸上那懒洋洋的、嬉皮笑脸的神态当即一扫而光。他口中大骂着急匆匆地找遍了整个客栈，然后又牵着山羊走进小树林。山羊发现了躲在一棵灌木后的梅塞迪塔斯夫人，开始亲切地去舔她。哈马伊基诺看着女人投向山羊的仇恨目光，笑了起来。他打了一个简单的手势，堂娜·梅塞迪塔斯夫人便乖乖地朝客栈走去。

"你真是一位名不虚传的可怕女人，一点儿没错。鬼点子实在是不少。"

他把她的手脚都捆起来，只轻轻一提，便把她放到了柜台上。他不怀好意地看了她一阵，突然开始在她那宽大而粗糙的脚掌上搔痒。女人蠕动着身子挣扎着哈哈大笑起来，脸上露出绝望的神情。柜台很窄，堂娜·梅塞迪塔斯夫人很快便不由自主地滚到了边缘，最后重重地摔在地上。

"这女人真可怕、真厉害！"哈马伊基诺又重复道，"她假装摔晕过去了，却用一只眼睛偷偷地看着我。你没救了，梅塞迪塔斯夫人！"

山羊把脑袋伸进屋子里，目不转睛地注视着那女人。

黄昏将尽的时候，突然传来一阵马的嘶鸣声。天已经暗下来了。梅塞迪塔斯夫人抬起脸注意地听着，眼睛睁得老大。

"是他们。"哈马伊基诺说，继而一跃而起。马继续咴咴地叫着，同时焦躁地用前蹄刨着地。站在客栈的门口，哈马伊基诺怒不可遏地喊道：

"您疯了，中尉？您疯了？"

在一座小山的拐角处，从几块大石头后边，中尉出现了。他个子不高，长得胖墩墩的，脚上蹬着马靴，脸上挂着汗珠。他小心翼翼地环顾周围。

"您疯了？"哈马伊基诺重复喊道，"您怎么了？"

"别那么大声跟我讲话，黑鬼。"中尉说，"我们刚到。出了什么事？"

"什么出了什么事？叫您的人把马骑得远远的，快离开这儿。您不知道您的职务吗？"

中尉的脸一下涨红起来。

"你还没有自由，黑鬼。"中尉说，"你放尊重点儿。"

"您把马藏起来，如果您愿意的话，把它们的舌头割掉。但是，不要让人听到你们骑马来了。您在这儿等着，到时我给您暗号。"哈马伊基诺咧开嘴，脸上的微笑是傲慢的，"您没看到现在您得听我的吗？"

中尉踌躇了片刻。

"如果他不来，那可就对不起了！"中尉说罢回头命令道，"利图马中士，把马藏起来。"

"遵命，我的中尉。"有人在山后说道。于是听到一阵马蹄声，之后便是死一般的沉寂。

"我喜欢这样。"哈马伊基诺说道，"应该听话。很好，将军；棒极了，司令；我祝贺您，上尉。您不要离开这儿，到时我会通知您的。"

中尉朝他晃了晃拳头便躲到了岩石后。哈马伊基诺走进了客栈。女人的双目中充满仇恨。

"叛徒!"她轻声说,"你把警察带来了。该死的东西!"

"看你这修养,我的上帝,看你这修养,梅塞迪塔斯夫人!我没有带警察来。我是自己来的。我在这儿跟中尉碰上了。这您清楚。"

"奴玛不会来的,"女人说,"警察会把你重新抓到监狱去。当你出狱时,奴玛会杀死你。"

"你的感觉太差了,梅塞迪塔斯夫人,这毫无疑问。我可是能掐会算的。"

"叛徒!"女人又重复道。她已经坐了起来,上身挺得笔直。"你认为奴玛是笨蛋吗?"

"笨蛋?那绝对不是。他是个机灵的丑八怪。不过,你别绝望,梅塞迪塔斯夫人,他肯定会来。"

"他不会来。跟你不一样,他有朋友,朋友会通知他警察在这儿的。"

"你这么认为?我不相信;时间来不及了。警察是从另一边来的,是从山后边来的。我是单独穿过沙地来的。在沿途各个村庄,我都驻足打听:'梅塞迪塔斯夫人还在客栈里吗?他们刚放了我,我要去拧断她的脖子。'我这话应该被二十多个人传给了奴玛。你坚持认为他不会来吗?我的上帝,看你那脸色,梅塞迪塔斯夫人!"

"如果奴玛有个三长两短,"女人咕哝着说,声音嘶哑,"你会后悔一辈子的，哈马伊基诺。"

哈马伊基诺耸耸肩膀，点燃一支香烟，开始吹口哨。然后，他走到柜台边，端起油灯点上，又把它挂到一扇门的粗芦苇上。

"已经是晚上了，"哈马伊基诺说，"你到这儿来吧，梅塞迪塔斯夫人。我愿意奴玛看到你坐在门旁等着他。啊，真是的！你自己不能动。看我这脑袋，对不起，我真健忘。"

他俯下身将她抱起来，然后把她放到客栈前的沙地上。油灯的光亮照在女人的身上，使她面部的皮肤显得柔嫩，看上去似乎年轻了些。

"你为什么这样干，哈马伊基诺？"此时梅塞迪塔斯夫人的声音已经很微弱了。

"为什么？"哈马伊基诺说，"你没有蹲过监狱，对吗，梅塞迪塔斯夫人？一个人待在那儿，天天无所事事，烦闷死了。我这话全是真的。监狱里不给吃饱，很饿。哎，我刚才忘了一件事：不能让你张着嘴，奴玛来的时候，好不让你喊叫。再说，让你张着嘴，说不定你会吞下苍蝇。"

他笑了。在房间里找了一阵，他找到了一块破布，用它将堂娜·梅塞迪塔斯的半张脸包起来。然后，他左看右看了好一会儿，乐得不得了。

"请允许我告诉你，你的外貌很滑稽，梅塞迪塔斯夫人。这副样子，我简直说不出像什么。"

在黑乎乎的客栈里，哈马伊基诺像一条蛇似的直起身子，他不声不响，准备随时出击。他的双手支撑在柜台上，猫着腰站在那儿。前方两米远处，油灯的光照着女人，她身体僵直，脸伸向前方，像是在空气中嗅闻着。她也听到了什么，那是一种轻微但十分清晰的声响，从左方传来，盖过了蟋蟀的歌唱声。那声响又传来一次，而且时间更长。小树林的枝杈发出晃动声，还有断裂声，显然是有什么东西靠近了客栈。"他不是一个人来的。"哈马伊基诺低声道，"行动像猫一般灵巧。"他把手放进兜里，掏出口哨放到唇边。他等待着，一动不动。女人在晃动身子，哈马伊基诺嘟嘟哝哝地咒骂她。他看到她在地上打滚，像钟摆一样摇晃着脑袋，企图挣脱捆绑。响声停止了：是不是人到了沙地上，脚步声听不到了？女人的脸转向左方，她的眼睛像被压扁的鼹鼠，几乎瞪出了眼眶。"她看到他们了。"哈马伊基诺自言自语道。他把口哨放到了舌尖上：金属对肌肉是富有刺激性的。堂娜·梅塞迪塔斯继续摇晃着脑袋，痛苦地哼叽着。山羊叫了一声，哈马伊基诺蹲下把身体藏起来。过了几秒钟，他看到一个黑影溜到了女人的身边，并且伸出一条赤裸的手臂去解绑她的带子。哈马伊基诺一边使尽全力吹起口哨一边朝那闯入者扑过去。哨声如一场大火，震撼了整个夜空，随即便淹没在一片咒骂声中，继而便是急促的脚步声。有两个人向女人扑过去。中尉行动迅速，哈马伊基诺刚刚站起来，他的一只手已经抓住了奴玛的头发，另一只手把手枪顶在了奴玛的脑门上。四名持枪的警察将他们围了起来。

"快去追!"哈马伊基诺对警察们喊道,"还有人在树林里。快去追! 否则他们要逃掉了。快! 快!"

"都老实待着!"中尉命令道,他的眼睛没有离开奴玛。奴玛用眼角偷偷看着他,打算确定手枪的位置。奴玛看上去很冷静,两只手耷拉在身体两旁。

"利图马中士,把他捆起来。"

利图马将步枪放在地上,解开缠在腰间的粗绳子,把奴玛的脚捆起来,然后又给他戴上手铐。山羊走近,嗅闻奴玛的腿之后,轻轻地在上边舔起来。

"牵马来,利图马中士!"

中尉把手枪插到子弹袋上,向女人俯下身去,为她解开捆绑的带子和绳子。堂娜·梅塞迪塔斯站起来,朝着山羊的背上踢了一脚将它赶开,然后走近奴玛。她用手抚摸了一下他的前额,没有说一句话。

"他怎么你了?"奴玛问。

"没什么。"女人回答,"你想吸烟吗?"

"中尉,"哈马伊基诺坚持说道,"您知道吗? 就在那儿,在树林里,还有别的人。您听不到他们的响动吗? 大概有三四个人,至少。您还在等什么? 干吗不派人去找?"

"别吵吵,黑鬼!"中尉说,看都不看他一眼。他划着一根火柴,点燃了女人放在奴玛嘴里的香烟,奴玛大口大口地吸起来。中尉用牙叼住香烟,烟从鼻孔中喷出来。"我是来找这家伙的,别的谁都不找。"

"好吧，"哈马伊基诺说，"如果您不知道自己的使命，可是要倒霉的。我已经完成了任务。我自由了。"

"对，"中尉说，"你自由了。"

"马牵来了，我的中尉。"利图马说，他手中牵着五匹马的缰绳。

"把他放到您的马上，利图马。"中尉说，"让他跟您走。"

中士和另一名警察把奴玛抱起来，解开他的脚，让他骑在了马上。利图马骑在他的后边。中尉走近马匹，牵过他的马。

"喂，中尉，我跟谁一块走？"

"你？"中尉说，一只脚踏在马镫上，"你？"

"对，"哈马伊基诺说，"除了我还有谁？"

"你自由了。"中尉说，"用不着跟我们一起走了。你爱去哪儿就去哪儿吧。"

利图马和其他警察骑在马上笑了起来。

"怎么能开这样的玩笑？"哈马伊基诺说，他的声音在颤抖，"您不会把我丢在这儿的，对吗，我的中尉？您现在能听到树林中的响动。我干得很好，完成了任务，您不能对我这样。"

"利图马中士，如果我们跑得快，"中尉说道，"傍晚就到皮乌拉了。最好趁夜间穿越沙地，马匹不那么累。"

"我的中尉，"哈马伊基诺喊叫着，他抓住军官的马缰，发疯地摇荡着，"您不能把我扔在这儿！您不能干这么缺德的事！"

中尉从马镫上抽出一只脚，将哈马伊基诺踹出老远。

"我们必须不停地奔驰。"中尉说，"您认为会下雨吗，利图马中士？"

"我看不会，我的中尉。天空很晴朗。"

"您不能不带上我！"哈马伊基诺扯开嗓子气急败坏地喊。

梅塞迪塔斯夫人开始捂着肚子哈哈大笑起来。

"我们走吧！"中尉吩咐道。

"中尉！"哈马伊基诺喊道，"中尉，我求求您！"

马匹渐渐地走远了。哈马伊基诺呆呆地望着他们，灯光照着他那变了形的死灰色的脸。梅塞迪塔斯夫人继续纵声大笑着。突然，她不笑了。她把双手拢到嘴上当作喇叭高喊道：

"奴玛！每个星期天我都给你去送水果。"

尔后，她又笑起来，笑得声音很高，很开心。树林中传来了树枝和干树叶破裂的声音。

祖　父

每当树枝发出响声，或者青蛙叫一声，或者果园尽头厨房的窗户震动一下，老头儿都会轻盈地从临时选用的座位上（那是一块扁平的石头）跳起来，急不可待地从果树的枝叶间窥视，但是，孩子还是没有出现。相反，透过餐厅朝向藤架敞开着的窗户，他看到了好一会儿之前就打开的枝形吊灯的光亮。灯光下，一些模糊的人影慢慢地走来走去，全都映在窗帘上。他从年轻时起就近视，所以，尽管使尽力气，他还是看不清那些影子到底是在餐厅里用餐的人还是来自高高的果树之间，只是看到他们不停地在走动。

　　他回到自己的座位上继续等待着。前一天夜里下了雨，土地和花草都散发着一种潮湿的宜人的香气，但是，飞虫嗡嗡地布满空中，堂欧罗西奥不停地用手在脸旁扇打，依旧难免遭受叮咬之苦。那些飞虫不时地把它们看不见的蜇针刺进他颤抖的下巴、前额甚至眼皮的肌肉之中，以致老头儿白天一直保持良好的饱满情绪和身体状况现在开始崩溃了。他感到累了，也感到有些伤心。广大的果园里的黑暗令他厌烦，有个下等人的影子——厨娘抑或是管家——一直在园子里闪来闪去，也令他焦急不安，说不定会有人突然发现他躲在这儿。"这么晚了，您在这儿干什么，堂欧罗西奥？"那时，他的儿子和儿媳便会走来，以为他是疯了。他由于一时紧张，不禁颤抖了一下。他回过头去，想到了在菊花、晚香玉和玫瑰花几座花坛之间的那条小道，那小道绕开鸽房通向一扇僻静的边门。然而，他马上又想起那边门是关着的，而且上了门闩，他已去确认过三次了，再说，只要听到动静，他几秒钟之内就可以不被任何人发现地偷偷溜到街上。于是，他马上又安下心来。

"可是，他会不会已经回家了呢？"堂欧罗西奥静静地想。有一会儿，老头儿从果园里被人遗忘的那扇边门悄悄地回去了；在门边待着的时候，他失掉了时间概念，像是睡着了；直到此刻他手里抚摩着的那个不知什么玩意儿掉下来砸在他腿上，他才反应过来。可是，老头儿再一想：这绝不可能，孩子肯定还没有穿过果园，因为如果从这儿经过的话，他那惊慌的步子必然会把老头儿惊醒，而孩子看到爷爷蜷缩着身子睡在通向厨房的小道旁，也必然会大叫起来。

这么一想，老头儿又来了精神。风力已经减弱，他的身体适应了环境，也不再颤抖。他在外套口袋里摸索着，摸到了一个硬邦邦的圆柱体。那是一支蜡烛，是那天下午在街角的商店里买来的。想到买蜡烛时的情形，老头儿在黑影里高兴地笑了起来：他去买蜡烛，女店主感到很惊讶，他却摆出一副十分严肃的样子，迈着高雅的四方步，将那长长的包了金属头的手杖在地上一下一下地戳着，并配以画圆的姿势。女店主把各种类型的蜡烛拿出来让他选。"就这支。"他直截了当地说，表现得对他所干的这种令人不悦的家务事十分不耐烦。女店主坚持要把蜡烛给他包起来，他拒绝了。拿到手中，他便急匆匆地离开了商店。下午余下的时间里，他就待在国家俱乐部里。他把自己关在了玩三人牌戏的小厅里。其实那儿从来无人光顾，但他为了以防万一，不让服务生来打扰，还是反锁上了门。然后，他舒舒服服地沉浸在一种罕见的红色环境中，打开了带在身边的小手提箱，从中取出了一个贵重的小包儿。他的宝贝就包在一条美丽的白色丝头巾中。他发现宝贝的那天下午，恰恰带着这块丝头巾。

那是一个黄昏，在最阴暗的时刻，他乘上一辆出租车，吩咐司机开到市郊去。郊外的和风十分宜人，天空中那红灰相间的景观衬托着辽阔的原野，显得尤为神秘。出租车在郊外的沥青路上轻快地奔驰，老人活泼的小眼睛——那是他露在衣领外的松弛面庞上唯一灵敏的标志——心不在焉地注视着与公路平行的运河边。突然，他发现了一样东西。

"停车!"他喊道，但是司机没有听到。他继续喊："停车!停车!"车停下来，并且开始往后倒，一直倒到一座小石山旁。堂欧罗西奥证实了他看到的的确是一只骷髅。他把它捡起来，忘掉了和风和田园风光，急不可待地细细地研究起了那个坚硬、结实、对人充满敌意的、神秘莫测的东西。那骷髅没有肉，没有皮，没有鼻子，没有眼睛，没有舌头。它不大，堂欧罗西奥倾向于认为是孩童的骷髅。它很脏，沾满泥土，光秃秃的头盖骨上有一个铜钱大的洞，洞边都碎裂了。鼻孔是完美无缺的三角形，一道窄窄的桥将它跟嘴巴分开来，颜色没有下巴那么黄。他把一根手指从空洞中插进去，将手掌像便帽那样盖住头盖骨，又把一个拳头从下边的孔里伸进去，直顶住颅骨的顶部。之后，他从三角形的鼻孔里伸出一根手指，又从嘴里伸出一根手指，做长长的、颇有活力的舌头状，并且使他的手指不停地活动。他把那只骷髅当成是有生命的，玩得十分开心。

他将这东西鼓鼓囊囊地装在他的小手提箱中，在衣柜的抽屉里藏了两天。这骷髅被严严实实地包着，他没有向任何人透露。发现它的第二天下午，他待在自己的房间里，在祖宗们遗留给他的豪华家具中间紧张地来回踱步。他几乎不抬头。可以说，他用一种深深的虔诚，或者说带点恐惧的虔诚，仔细地观察着地毯中央那艳红的、充满神奇色彩的图案，但是，他甚至看不到它们。起初，他犹豫不决，忧心忡忡。他想，此事也可能给家庭带来麻烦，或许家人会嘲笑他。这种想法使他勃然大怒，感到焦虑、痛苦。他想哭。从这一刻起，他的计划只有一次离开过他的脑海：当时他站在窗前，看到了充满孔洞、黑乎乎的鸽子房，记起了有一个时期，那座带着许多门的小木房子不是空的、没有生气的，而是住满了灰色和白色的小动物，它们穿过田畦边的木料，不停地在地上啄食，有时则在果园的树木和花坛上方盘旋飞翔。他十分怀念地想到，它们是多么软弱，对人多么亲切：它们充满信任地飞来停在他的手上，啄食放在那儿的几颗粮食。当他紧紧把它们抓在手中的时候，它们就被迫半闭上眼睛，并且难受地轻轻颤抖一下。然后，他就不再去多想这件事。当管家来通知他晚餐已准备好了的时候，他已胸有成竹了。那天夜里，他睡得很好。第二天清晨。他忘记了他做的一个梦：一群可恶的大红蚂蚁突然袭击了鸽子房，在那儿引起了一片混乱。他站在窗前，用望远镜观察到了那一场面。

他原本以为清除骷髅上的泥土是轻而易举之事，但是他错了。那些泥土——他认为是泥土——从其刺鼻的气味来看大概是粪便，几乎"焊接"在了骷髅的内壁上，在头盖骨的后部像金属板似的闪光锃亮。尽管老头儿把丝头巾擦成了灰色，却没能擦掉那层肮脏的东西。他渐渐地变得激动了。有一会儿，他简直是勃然大怒了，一下将那骷髅掷在了地上。但是，还没等它停止滚动，他已经后悔了。他离开座位，像猫一样地在地上爬着，直至将它抓在手里小心翼翼地举起来。那时，他想到，用某种油质的东西也许能把那污垢清除掉。他打电话吩咐厨房送一铁桶油来。他站在门口等待仆人，仆人一到，他就伸手把油桶夺过来，没有注意仆人那不安的目光试图越过他的肩膀上方扫视室内的一切。他急急忙忙地把丝头巾浸在油中，然后开始擦起来。开始是轻轻地擦，后来越擦越快，越擦越用力，最后竟然冒起火来。很快他就高兴地发现这样做效果良好。擦下的污垢像细雨般纷纷扬扬地落在他的脚下，他甚至没有发觉油垢把他的手背和袖口弄脏了。

突然，他一跃而起，将骷髅举在面前欣赏起来，见它已十分光洁，闪闪发光，一动不动，波浪形的颧骨面上有些小点，仿佛是汗珠儿。他怀着深情重新将它包起来，放入小手提箱中锁上，然后走出了国家俱乐部。他在圣马丁广场乘上了汽车，在奥朗蒂亚区自己家的后边下了车。夜幕已经降临。他在寒气逼人、半明半暗的大街上停了一会儿，担心门已经关上了。他有气无力地伸出胳膊，发现门并没有上闩，一推，"呀"的一声，就开了。他高兴地挺起胸脯，在门上踢了一脚。

正在这时，他听到藤架那边有声音。他是那般地陷入沉思，以致忘记了为何这般忙忙碌碌。声音和活动都是那样地出乎他的意料，以致他的心脏宛如接在病人嘴上的氧气瓶。他的第一个反应是弯下腰，但是他做得很笨拙，不小心从石头上滑下来，俯伏地跌在了地上。他感到脑门跌得生疼，嘴里有一种湿土的难闻味道。但是，他没有使劲赶快爬起来，而是半身埋在草中，依旧趴在那儿，呼哧呼哧地喘着气，浑身发抖。跌倒的时候，他仍及时举起了手，把骷髅牢牢地抓着举在空中，这样，虽然它距地面只有几厘米，但是一尘不染，干干净净。

藤架距他的躲藏处只有约二十米，堂欧罗西奥听到的声音仿佛是微弱的低语声，但是听不清说的是什么。他艰难地爬起来，偷偷地往那边看，在树根一直伸延到餐厅屋基下的拱形大苹果树中间，有一个清晰匀称的身影在晃动，他明白那是他的儿子。在儿子的旁边有一个女人，比儿子的身影更清晰、更矮小，有点儿无可奈何地倚靠在什么上。那是他的儿媳。他用手把眼睛搓了搓，又眨巴眨巴几下，急切地想看到孩子，但他没有看到。那时，他听到了孙子的笑声：孩童的清纯、自发、完美的笑。那笑声如一个小动物似的穿过果园。他没有再等。他从外套口袋里掏出蜡烛，又摸索着弄了一些树枝、土块和石子。他迅速地忙碌着，直至把蜡烛固定在石子间，并把它作为障碍放在小路上。然后，为了不让蜡烛失去平衡，他又小心谨慎地把骷髅扣在它上方。他把眼睛贴在蜡烛上看了看，心情十分激动而高兴：他做得好极了，蜡烛的白尖从头盖骨的孔洞里伸出来，酷似一株夜来香。他不能再继续观察了，因为孩子的父亲已提高嗓门说话了，尽管他的话语依旧难辨，但老头儿知道那是对孩子说的。好像是三个人在对话：父亲的声音很粗，而且越来越高；女人的声音是柔和甜美的；孩子则是刺耳的、简短的高声喊叫。突然，声音停止了。但那寂静是极为短暂的，接着孩子又尖厉地吵嚷着开炮了："可是，您应该明白，惩罚到今天结束了。您说的是七天，到今天结束了，明天我就不去了。"孩子最后的几句话一结束，堂欧罗西奥便听到了一阵急促的脚步声。

他跑过来了吗？这是决定性的时刻了。堂欧罗西奥吐出了憋在胸腔里的一口气，将整个工程完成了。他划着了第一根火柴，火苗只闪了一道细细的蓝光便熄灭了。第二根火柴旺旺地燃起来了，火苗都烧到了他的指甲，他也没感到疼。他把火柴凑近骷髅，蜡烛都点着了，火柴还捏在他的手里。下边发生的事情就让他拿不准了，因为完全出乎他的预料：随着一阵如踩上枯枝败叶似的吱吱嘎嘎的响声，在他的手间忽地升起了一股火苗，接着整个骷髅都被照亮了，火舌舔吻着它的内部，从头盖骨、鼻子和嘴巴喷出火来。"整个骷髅都燃烧起来了。"他吃惊地喊道。他愣在那儿像个木头人，口中像唱片似的重复着："是油着了，是油着了。"面对那被火舌吞没的令人迷惑的骷髅，他目瞪口呆，像是中了魔法。

　　正在这时，他听到了一声喊叫，那叫声是如此凄厉，仿佛一只被多支投枪同时刺中的小动物的惨叫。原来孩子已站在他的面前，伸着手，手指抖动着。他脸色铁青，浑身发抖，眼睛和嘴巴都睁得老大。这会儿他不喊不叫了，只是像一个哑巴似的僵直地站在那儿，但是他的嗓子里自然地发出一种奇特而嘶哑的声音。"他看到我了，他看到我了。"堂欧罗西奥吓得掉了魂儿似的心中暗想。但是，当他朝孙子望去时，马上明白了他并没有看到他，那孩子看到的只是喷着火舌的头颅。出于一种深深的恐怖，他的眼睛一动不动，而这恐怖又似乎永远留在了他的双目之中。那一切都是同时发生的：火舌、惨叫和突然惊得目瞪口呆、穿着短裤的形象。老头儿兴奋地认为，实际发生的甚至比他的计划还要完美。当听到说话声和朝他走来的脚步声时，他已经顾不上这些，而是转过身去，三蹦两跳地离开小道，破坏性地踩着菊花和玫瑰花花坛——这些花坛借着反射的火光可以影影绰绰地看清——穿过了从门口到这儿的一段距离。在他急匆匆逃走的时候，他听到了儿媳的喊叫声。那喊声同样惊天动地，却不似孙子的喊声那般发自肺腑。他一直往前跑，没有停下来，也没有回头。到了街上，寒风吹打着他的前额和稀疏的头发，可他没有注意，只顾肩膀擦着果园的墙壁慢慢地往前走着。他脸上露出满意的笑容，呼吸也顺畅多了，自然，心情也更加平静。

崽儿们

献给塞巴斯蒂安·萨拉萨尔·邦迪

I

那一年，他们还穿着短裤，我们还不吸烟；在所有的运动中，他们更偏爱足球，我们则正在学习冲浪和从跳台的第二道跳板跳下并潜水；他们淘气，下巴上没有胡子，好奇，非常机灵，贪嘴。就是在这一年，奎利亚尔进了查姆帕戈纳特教会学校读书。

莱昂西奥修士，听说来了位新生，是真的吗？是进三年级甲班吗，修士？"对，"莱昂西奥修士一把将遮在他脸上的头发甩开一边回答道，"可是，现在先不要声张。"

一天上午，学生们正在集合排队，爸爸牵着他的手把他送来了。卢西奥修士让他站在了队列最前头，因为他个子最小，比罗哈斯还矮。在课堂上，莱昂西奥修士让他坐在后排，跟我们在一起，把这个小伙子安排在那张空桌上。你叫什么名字？奎利亚尔。你呢？乔托。你呢？秦戈罗。你呢？马尼乌克。你呢？拉罗。你是米拉弗洛雷斯区人吗？对，上个月刚搬来，以前住在圣安东尼奥，现在住在马里斯卡尔·卡斯蒂利亚大街，离科利纳电影院不远。

奎利亚尔是个用功的学生，在课堂上从不东摸西摸、动手动脚地听课走神。第一周他考了第五，第二周考了第三，从第三周开始，每次都考第一名，但是，自从发生那件意外事故之后，他便放松了学习，考试成绩每况愈下。"奎利亚尔，请您背一下《十四个印加人》。"莱昂西奥修士对他说。他一口气就背了下来。《圣训》《马利亚教派十三节赞美诗》、洛佩斯·阿尔布哈尔的诗《我的旗帜》，他同样一口气就背下来了。真棒，奎利亚尔，拉罗对他说。修士的记忆力很好，而且年轻，可是，他们还是向我们学着点儿吧，这些无赖！奎利亚尔听罢这些话，用指甲搔着外套的翻领，得意忘形，认为自己在全班已是鹤立鸡群，无人能比（其实，要说他为自己的优异成绩沾沾自喜也不公平，他只不过有点儿发疯，有点儿顽皮。再说，他是位好同学，考试的时候小声告诉我们答案，课间休息时请我们吃冰棍。他是个小财主，钱包鼓鼓的，天生走运。乔托对他说："你的零花钱比我们四个人加起来都多。"奎利亚尔解释说，这是因为他学习成绩优异，总是考高分。我们告诉他：多亏你人好，用功的小伙计，否则你就要倒霉了）。

小学班的课程下午四点结束。四点十分，卢西奥修士即让学生们解散。四点一刻，学生们已进了足球场。他们把书包、外套和领带扔在草坪上。快点儿，秦戈罗，快去守门，别让别人占了。大狗胡达斯看到活蹦乱跳的孩子们，在笼子里急得发疯：汪，汪！它奋拉下了尾巴。汪，汪！它向学生们露出了凶恶的牙齿。汪，汪，汪！它拼命地跳着。汪，汪，汪，汪！它噼噼啪啪扑打和摇晃着笼子的铁丝。"天呐，如果这个恶魔有一天从笼子里逃出来！"秦戈罗这么说。马尼乌克道："如果它逃出来，你可不要慌张，冷静地站在那儿别动，丹麦狗只咬那些看到它就害怕的人。""谁告诉你的？""我老爸。"乔托说："如果狗从笼子里逃出来，我就爬到球门上去，让它够不着。"奎利亚尔说，如果狗"呼呼呼"向他扑来，他就掏出匕首对付它；他曾梦见过大狗"呼呼呼"如一阵妖风似的向他扑来，他掏出匕首，嚓，嚓，嚓，三两下就把它的性命结果了，然后又将它剥了皮，一片片地"哧哧哧"切它的肉，并且对着天空高喊："埋了它它它……"这还觉得不解气，又用双手捧着嘴做成喇叭继续喊："埋埋埋……了了了……它它它……"你们看，这么喊怎么样？小学班学生只能玩到五点钟，因为到那时，中学班学生就下课了。于是，不管小学生们愿意不愿意，他们都要被赶出足球场。中学班的学生伸出舌头，露出狰狞的面目，抓住小学生的肩膀使劲地摇晃。小学生们只好带着满头大汗，拿起书包、外套和领带来到街上。他们沿着斜街往下走去，一边把书包当篮球传来传去：喂，接好了，小老大！他们在雅趣园饭店旁边穿过公园：我接球够棒的，看到了吗，小娘们？在德奥诺弗里奥杂货店街角的那个小酒店里，我们买了蛋卷。是天芥菜的吗？还是杂粮面的？再加点儿，乔洛人①，别骗人，加点

_____

① 白人和土著的混血儿。

儿柠檬，小气鬼，再加点儿草莓。然后，他们接着沿名叫"吉卜赛之琴"的斜街走下去。他们一句话也不说，继而又拐进波尔塔大街。他们一门心思地吃冰淇凌，走到交通信号灯前停下来。吸溜吸溜，吃冰淇淋，吸溜吸溜，吃冰淇淋。绿灯亮了，他们蹦蹦跳跳地跑到圣尼科拉斯大厦前。奎利亚尔在那儿跟小朋友们告别。喂，别走呀，你这家伙，我们到特拉萨斯运动场去，向中国人要个球。你不是想参加班里的选拔赛吗？小兄弟，要参加选拔赛，就得练一练。来吧，跟我们一块去玩玩，没事，就练到六点钟，在特拉萨斯运动场踢一场足球。奎利亚尔说，不行，爸爸不答应，得回家做作业。小朋友们只好送奎利亚尔回家。"不参加练习，怎么能参加班里的足球队？"最后，小朋友们告别了奎利亚尔，去了特拉萨斯运动场。"他人不错，就是太用功了，为了学习忽视了体育。"乔托说。拉罗说，这不是他的过错，大概他的老爷子是个讨厌鬼。秦戈罗说，没错，其实奎利亚尔很愿意跟我们一起来，就是怕他爸爸不允许。马尼乌克说，这样一来，他进班里的足球队可就太难了：没有体力，脚法不灵，缺乏耐力，上场很快就累趴了，踢什么都不中用。"但是他头球很好。"乔托说。拉罗说："此外，他还是我们的球迷，无论如何要让他进我们的球队。"秦戈罗补充道："单是为了让他跟我们在一起，也要让他进球队。"马尼乌克说："没错，就算他踢得再不行，也要叫他参加班级球队！"

奎利亚尔十分顽强，千方百计要进班级球队踢球。那年夏天，他拼命练习，第二年在班级选拔赛中赢得了左前锋的位置。

"头脑健康，身体也就健康。"阿古斯丁修士说，"看到了吧？一个人学习用功的同时也可以成为优秀的运动员。我们要向他学习。""你是怎么练的这身功夫？"拉罗问奎利亚尔，"从哪儿学的这身腰功、这种传球、这种抢断、这种开角球？"奎利亚尔解释说，他的表兄埃尔·奇斯帕斯和他的父亲每个周日都带他去体育场，在那儿他看到好手们练球，学习他们的技巧。现在我们该懂了吧？他有三个月没看日场电影，也没有去海滨，上午、下午都一门心思地看足球和玩足球。摸摸这小腿，够不够硬？"真的，比以前结实多了。"乔托对卢西奥修士说。"小腿的肌肉练得真棒。"拉罗说。他是一个机灵的前锋，而且很卖力气。秦戈罗称赞他组织进攻很出色，并且始终斗志昂扬。马尼乌克说："您看到了吗，卢西奥修士？当对方控球的时候，他一直压到门前去争抢，应该让他参加我们班里的足球队。"听了这话，奎利亚尔乐滋滋的，用指甲搔着白袖子、蓝胸襟、印有"四年级甲班"的运动衫，显得十分神气。好了，小朋友们对他说，我们的球队要你了，可你也别忘乎所以。

七月，为了参加年度冠军赛，阿古斯丁修士同意四年级甲班的足球队每周练习两次，周一和周五，利用绘画课和音乐课的时间。第二次课间休息之后，被雾一般的蒙蒙细雨喷洒过的院子空空荡荡的，却像新夯实的那般坚硬闪亮。十一位选手到足球场去。我们脱下学生制服，换上足球鞋和运动衫。球员们排成一列，迈着体操步，在队长拉罗的率领下走出更衣室。从教室的所有窗户里都露出一张张羡慕的脸，他们注视着我们威风凛凛地走过。阵阵寒风吹皱游泳池的水（你想跳下去洗个澡吗？踢完球之后吧。现在可不行，呵呵呵，太冷了）。教室里的同学们看着选手们开球、罚球。微风摇动着从学校的黄墙上探出来的高大桉树与榕树的树冠。早晨的时光飞一般地过去。奎利亚尔说，我们练得很认真，很卖力气，踢得很有气势。一个小时之后，卢西奥修士吹起了哨子，下课了，学生们从教室里蜂拥而出，各个年级都在院子里排队，我们十一名足球队员也换好衣服回家去用午餐。但是，奎利亚尔总是拖一会儿才走（秦戈罗说，他是模仿那些优秀足球运动员。你把自己当成了谁？著名的托多·特利吗？），并在训练之后去洗个淋浴。有时，别的选手在训练之后也洗淋浴。但是，这一天，当胡达斯汪汪汪叫着出现在更衣室门口时，只有拉罗和奎利亚尔在洗澡。汪，汪，汪，汪……乔托、秦戈罗和马尼乌克听到狗叫声，从更衣室跳窗逃走了。拉罗也尖叫着逃走，他看了看他的小伙伴，在丹麦狗的嘴就要伸过来的时候把浴室的小门关上了。他在那儿缩着身子，站在白色瓷砖墙和石板地之间，水哗哗地喷着，他冻得浑身瑟瑟发抖。他听到胡达斯的吠叫声，听到奎利亚尔声嘶力竭的哭喊声，继而是狗的吠叫、蹦跳声、碰撞声和滑倒声混杂在一起，再之后，便只有狗的吠叫声了。又过了好一阵（但到底是多久？秦戈罗说，是两分钟吗？不，还要长，小兄弟。乔托说，是五分钟吗？不，还要长，而且长得多，我向你们发誓），便听到了卢西奥修士的大嗓门和莱昂西奥修士粗鲁的叫骂声（是用西班牙语吗，拉罗？对，不过也用法语。你能听懂吗？听不懂，不过，可以想象得出，那是些粗鲁的语言，傻瓜，从他怒不可遏的腔调中还听不出来？），他们一个劲儿地叫着，哎呀，哎呀，我的上帝，滚出去，鬼东西，滚出去，滚出去。修士们的声音中充满绝望，似乎他们已吓得魂不附体。拉罗打开浴室门，修士们已把奎利亚尔抬走了，他看到他们是用黑色教服凑合着把奎利亚尔抬走的。奎利亚尔吓昏了吧？对。伤得很厉害吧，拉罗？对，流着血，哥们儿，一句话，真是太可怕了，整个浴室里都流满了血。还有什么？以后又怎样了？拉罗说，在他穿衣服的时候，秦戈罗、阿古斯丁修士和卢西奥修士把奎利亚尔抬上了校部的轻型小货车。我们是在楼梯上看到这一场景的。乔托说，车速足有每小时八十公里，马尼乌克说有一百公里。司机不停地揿着喇叭，仿佛是消防队员，又仿佛是急救车。与此同时，莱昂西奥修士在追赶胡达斯，它在院子里来回奔跑，蹦呀、跳呀，左躲右闪。修士终于抓到了它，将它关进笼子里，然后便在笼子里狠命地打它。修士气得满脸通红，一缕头发在脸前晃来晃去（乔托说，他想把那条狗打死，如果你看到他那副模样，就知道狗吓成了什么样子）。

这一周，星期日的弥撒、星期五的念珠祈祷及上课开始和上课结束的祈祷都是祝福奎利亚尔早日痊愈。不过，如果学生们在他们中间谈论那起意外，修士们就会大发雷霆。他们叫我们闭上嘴，甚至用手敲击我们的脑袋：别说话，小心点，罚你们站到六点钟再回家。但是，不论是在课间休息还是在教室里，学生们总是要谈这件事。第二周的周一放学的时候，他们去美洲诊所探望了奎利亚尔。他们看到他脸上和手上没有任何被狗咬的痕迹。他住在一间漂亮的病房里，白色的四壁，乳白色的窗帘。喂，奎利亚尔，你好了吗，我的小兄弟？病房靠近一座花园，花园里鲜花姹紫嫣红，草坪嫩绿，还有一棵大树。奎利亚尔，我们正在收拾那条大狗，为你报仇。每到课间休息，我们就用石头砸它的铁笼子，我们干得很好，要不了多久，那个倒霉鬼就会连块囫囵骨头都没有了。听了我们的话，奎利亚尔笑了。瞬间，他眉飞色舞地说，待他出院之后，我们就夜间到学校去，从屋顶上爬进去。年轻小伙子万岁！砰！砰！我们像神话故事中的蒙面鹰一样，嚓嘶，嚓嘶，把那条该死的狗打得眼冒金星，就像它咬他那般不留情。奎利亚尔讲得兴致勃勃，但面孔瘦削而苍白。奎利亚尔的床头上坐着两位夫人，她们给我们巧克力吃，然后就起身去花园，边走边说：我的心肝，跟你的小朋友们好好聊聊吧，我们到外边吸支烟。奎利亚尔告诉我们，穿白衣服的是他妈妈，另一个女人是他的姨妈。奎利亚尔小兄弟，跟我们讲讲，到底发生了什么事？你痛得厉害吗？很痛很痛。咬在哪儿了？咬在那儿，噢，不好说出口，他用手腕打了个手势。是咬在小鸡鸡上了吗？对！奎利亚尔一下脸涨红了。他乐了，我们也乐了。两位夫人从窗户里探进头来：再见，再见，我的小宝贝。我们也只想再待一小会儿，因为奎利亚尔还没有痊愈。奎利亚尔朝我们努努嘴，嘘，别讲出去，这是秘密。他的父亲不愿让别人知道，他的母亲也不愿让别人知道。他们嘱咐他："我的孩子，你最好什么也别说，说出来干什么？就说狗咬了你的腿就行了，宝贝，记住了吗？"奎利亚尔对父母说，他的手术持续了两个小时，十天之后就可以去上学了。你看，多长的假期呀，美死你了，医生对他这么说。我们向奎利亚尔告别了。到了学校之后，大家都来打听，想知道奎利亚尔到底怎么了。他的肚子上缝了许多针，对吗？是用针线缝的，对吗？秦戈罗讲这件事时一副神乎其神的样子："别说吧，说这事该是一种罪过吧？"拉罗不赞成他的意见："哎，事情明摆着的，每天晚上就寝之前，妈妈都对他说：'你漱口了吗？你撒尿了吗？'"马尼乌克说，可怜的奎利亚尔，他该有多疼呀！狗咬在他那个地方，还不等于飞来一个球砸在那上边吗？特别是一想到胡达斯那口凶狠的牙齿，被咬的滋味就可想而知了。我们捡起石头到足球场去，一、二、三，向狗砸过去！汪，汪，汪，汪！该死的东西，你高兴了吧？哼，以后还是记取点儿教训，老实点，学乖点儿。乔托说，可怜的奎利亚尔，他已经不能在明天开始的冠军赛中大显身手了。马尼乌克说，他练了那么久，白练了。拉罗说，更糟糕的是，如果他不能出场，我们队的力量就薄弱多了；如果我们不愿落到最后一名的话，就应该中途退出。小伙子们，发誓吧，我们不干了，退出比赛。

II

国庆节过后，奎利亚尔才出院回到学校。说来奇怪，他非但没有对足球退避三舍（在某种意义上讲，难道他不是由于足球才被胡达斯咬了吗？），反而更加空前地热爱体育。不过，他开始对学习不那么关心了。他不是傻瓜。他心中明白，他已经无须立志发奋了：他参加考试所得的平均分数都很低，但修士们都睁一眼闭一眼让他通过；他做课堂练习时潦潦草草，修士们也给他打高分；他的家庭作业完成得糟透了，修士们也给他评及格。我们对他说，自从你遭遇不幸之后，他们就对你百般迁就，使你得到安慰。你不知道什么叫假分数，有时候真是莫名其妙，他们给你打了十六分。此外，他们让奎利亚尔协助做弥撒：奎利亚尔，请您读一下教义问答手册。他们让他在宗教游行中打三角旗，在课堂上擦黑板，参加合唱团，分发笔记本。在头几个星期五，即使没有授圣餐仪式，他们也让他用早餐。乔托说，谁能像你一样过着如此丰富多彩的生活？真可惜胡达斯没有把我们咬伤。奎利亚尔说，修士们对他的多方关照并非因为他被狗咬，而是惧怕他的父亲。你们这伙强盗，你们把我的儿子怎么了？我要把你们的学校关掉，把你们送到监狱去。你们不知道我是谁吗？我要把那条该死的狗宰了，把校长修士也宰了。您要冷静点儿，好好考虑一下，先生！他抓住校长的脖领摇晃着。奎利亚尔说，他的父亲就是这么说的，他父亲是在医院里讲给他妈妈听的。尽管他们窃窃私语，他在病床上还是听到了。这就是修士们对他无限宽容和照顾的真正原因。拉罗说，抓住脖领子？真有意思，够凶的。秦戈罗说，这大概是真的，否则那条该死的狗怎么不见了呢！我们七嘴八舌地议论道，也许是把它卖了；也许是胡达斯自己逃跑了；也许是把它送给某个人了。奎利亚尔反驳说，不，不对，肯定是他爸爸来了把它杀死了，老头儿向来是说话算数的。因为一天清晨，人们醒来时，狗笼子突然空了，一个星期之后，胡达斯没有在那只铁笼子里重新出现，代之而出现的是四只小白兔。喂，奎利亚尔，给它们送莴苣叶吃！喂，小朋友，给它们送胡萝卜吃！它们多喜欢你呀！给它们换水！奎利亚尔听到这些话，乐得小嘴巴都闭不上了。

但是，不仅修士们开始娇纵奎利亚尔，他的父母也开始对他十分宠爱。现在，奎利亚尔每天下午都跟我们一起到特拉萨斯运动场去踢足球（你的爸爸不生气了吗？不，他不生气了，相反，他还总是打听：今天谁赢了？我们队赢了。你踢进了几个球？三个？棒极了！奎利亚尔对妈妈说，你别生气，我玩球把衣衫撕破了，不是故意的。妈妈说，小傻瓜，没关系，我的宝贝，女仆会给你缝好的，在家里还可以穿，让妈妈吻你一下吧！），然后我们就到艾克斯塞尔索尔、里卡多·帕尔玛或莱乌罗大街的剧场顶层去看连续剧，那些连续剧都是"女生不宜"的。我们也到坎廷弗拉斯和丁当电影院去看电影。奎利亚尔的零花钱与日俱增，他告诉我们，他要什么，父母就给他买什么。他可以把手伸进父母的口袋，想拿多少钱就拿多少钱。他从父母那儿拿了钱就装在自己的口袋里。父母对他视如掌上明珠，要星星不给月亮，一切有求必应。在拥有踏板车、自行车和摩托车的五个同学中，奎利亚尔是第一个。这五位同学要求奎利亚尔叫他的爸爸赠送我们一座冠军赛奖杯，带大家去体育场游泳馆看梅里诺游泳，去科内霍·比利亚兰岛游玩，要他爸爸在我们看完下午场的电影和话剧后开车来接我们。他的爸爸真的赠送给我们入场券，还把它们亲自送到我们手里，并在散场时开车来接我们。没错，连我们的要求也全部满足。

那件意外事故发生后不久，同学们开始叫他"小鸡鸡"。这个绰号是在班上产生的。是大学问家古姆西奥发明的吗？当然喽，除了他还有谁？起初，奎利亚尔听到别人这么叫，哭着对修士说，他们把我叫得非常难听，说我是假女人。谁？谁这么叫你？多恶心！修士，我不好意思重复这句话，奎利亚尔结结巴巴地说着，眼泪簌簌地落下来。后来，在课间休息的时候，别的年级的学生们也来逗他："小鸡鸡，你好吗？"那些拖鼻涕的孩子一个个走到他的身边："你的健康状况如何？"奎利亚尔说："修士，你看看他们！"他跑到莱昂西奥、卢西奥、阿古斯丁修士或卡尼翁·帕雷德斯老师身旁指着一位学生说，"就是这家伙。"

奎利亚尔向老师告状，也对叫他外号的人发火：

"你说什么？"

"我说小鸡鸡，怎么了？"

他气得憋红了脸。

"假女人！"

他气得双手发抖，说话的声音也变了。

"我看你再敢说一遍！"

"小鸡鸡！我说了！你能怎么样？"

那时，奎利亚尔闭上了眼睛，想起了爸爸劝他的话："别气馁，小伙子，朝他扑过去，撕破他的嘴，向他挑战，踩他的脚，踹他的腿。跟他们干，抽他们耳光，用头撞他们，用脚踢他们。不管是在排队的时候还是在足球场上都把他们打翻在地。就这么干！这样，他们在课堂上、教堂里就都不敢找你的麻烦了。"

但是，奎利亚尔越是发火，小朋友们就越是折腾他。结果，终于有一次闹了一场轩然大波。一天，他的父亲来找修士，对校领导狠狠地发了一通火：学生们折磨他的儿子，他绝对不能允许。谁是穿裤子的男人？好好惩罚一下那些拖鼻涕的孩子，否则他就自己来动手干这件事，把所有人都收拾得服服帖帖。他用大手掌"砰"地拍了一下桌子说："这太蛮横无礼了，太过分了，这还了得！"但是，小鸡鸡这个绰号像邮票般牢牢地贴在了奎利亚尔身上，尽管修士们——他们最富有人情味——受到了惩罚（还是可怜可怜校长吧），尽管奎利亚尔又哭又闹，发出种种威胁，对喊他绰号的人又踢又踹，甚至动手打人，他的绰号还是很快传出了校外。渐渐地，整个米拉弗洛雷斯区便无人不知、无人不晓了。小可怜的，这个绰号永远不能从他身上揭下来了。小鸡鸡，把球传出来，别黏球！小鸡鸡，你的代数考了多少分？小鸡鸡，我拿块糖换你的水果好吗？小鸡鸡，别忘了明天到乔西卡去玩，大家去河里洗澡；修士们会戴上手套，你可以跟古姆西奥来场拳击比赛，报报仇。小鸡鸡，你有靴子吗？咱们可得爬山哟！咱们玩完回来后，还可以赶上看下午场电影，你喜欢这个计划吗，小鸡鸡？

奎利亚尔的老爸动了肝火："奎利亚尔，他们叫你绰号，你也叫他们的，别怕，跟他们干！"听了这话，我们变得谨慎起来，不再叫他小鸡鸡，而是违心地开始叫他伙计、小兄弟、球迷。但是，很快，一不小心，小鸡鸡的绰号又叫了出来。那时，奎利亚尔的脸憋得通红，问："你叫我什么？"或气得脸色煞白："秦戈罗，你也这么叫我？"说这话时，他的眼睛瞪得溜圆。秦戈罗解释道："哎，对不起，我们这么叫你并没有什么恶意。"秦戈罗是他的朋友呀！朋友也这么叫他？哎，奎利亚尔，别这样，如果大家都这么叫一个人，自然是会传染的。"你也这么叫我吗，乔托？"唉，他不知不觉就这么叫出来了。马尼乌克也这样叫他吗？我们别当面叫他，只背后叫他小鸡鸡，好吗？待他转身走开，我们就说小鸡鸡，好吗？别！这叫什么鬼主意！我们还是拥抱他吧，并且说定了，以后绝不再叫他小鸡鸡了。不过，奎利亚尔，我的小兄弟，你何必生气呢？那只不过是个绰号罢了，跟别的绰号一样，有什么值得大惊小怪的。你看，你不是管小瘸子佩雷斯叫大拐子吗？管斜眼罗德里格斯叫歪眼和瞎子吗？管结巴里维拉叫金嘴吗？叫绰号并不都有恶意，乔托、秦戈罗、马尼乌克和拉罗不也都有绰号吗？别发火，我的好哥们儿，继续玩球吧，快，该你上场了。

渐渐地，奎利亚尔对他的绰号习以为常了。到了六年级，听到别人叫他绰号时已经不再哭也不那么气乎乎了。他对此充耳不闻，有时甚至自己还拿绰号开玩笑：小鸡鸡？不，是大鸡鸡，哈哈哈……到了上中学一年级的时候，他已经习惯到如此地步，以致当别人不叫他小鸡鸡而叫他奎利亚尔的时候，他反而会板起面孔，向对方投以不信任的目光，似乎在怀疑：他是不是在嘲弄我？他甚至会向新朋友伸出手去高高兴兴地说："大鸡鸡奎利亚尔愿意为您效劳，听从您的吩咐。"

　　当然，这话他只对男孩子讲而不对女孩子讲。因为在那个时代，除了体育，男孩子们也已经对姑娘们感兴趣了。在课堂上，我们已开始开玩笑：喂，昨天我看到皮鲁罗·马丁内斯跟他的恋人在一起，课间休息的时候，他们手拉手在防波堤上散步，突然，"啪"地吻了一口。是在出校门的时候亲嘴吗？对，他们吻了好一会儿才走。很快，这事便成了大家谈话的主题。吉克·罗哈斯有一个比他年龄大的情人，黄头发，蓝蓝的大眼睛。星期天，马尼乌克看到他们一起到里卡多·帕尔玛大街去看下午场电影了。从电影院出来的时候，姑娘的头发很乱，肯定是他们借看电影的时机幽会。另一天晚上，乔托意外地撞见了五年级的委内瑞拉人，就是那个因嘴巴大被叫做水罐的小子，跟一个浓妆艳抹的女人坐在汽车里。不用说，他们一定是在幽会。你呢，拉罗，也搞过幽会了吗？你呢，小鸡鸡，哈哈哈！马尼乌克喜欢佩里科·萨恩茨的妹妹。乔托买冰棍时，钱包从手中掉下来，里边有一张儿童节上戴红风帽的女孩子的照片，哈哈哈！你别打手势，拉罗，我们知道你迷上了瘦姑娘罗哈斯。你呢，小鸡鸡，也迷上哪个姑娘吗？奎利亚尔说还没有，说话时脸红了，一会儿又变得苍白。他说他谁也不爱。你呢？你呢？哈哈哈！

我们如果五点整下课，就像一阵风似的沿着帕尔玛大街奔跑，正巧会赶上进德女校的姑娘们下课离校。我们站在街角等着。看，校车来了，那是三年级的女学生，靠着第二个窗户的是秋罗人卡内帕的妹妹，再见，再见。那一位，你看，跟她说再见，她笑了，她笑了。那位小姑娘也跟我们说再见了，可是，黄毛丫头，我们的再见不是对你说的。看那一位，那一位！有时候我们带上一些写好的小纸条，飞快地从校车窗户里投给那些姑娘：你真漂亮；我喜欢你的辫子；你的校服真好，比别人的都合身；你的朋友拉罗。喂，小心点儿，修女看到你会惩罚女学生们的。你叫什么名字？我叫马尼乌克。星期天去看电影好吗？你明天用同样的纸条回答我，或者校车开过时你对我点点头表示去就行了。你呢，奎利亚尔，一个姑娘也不喜欢吗？不，我喜欢坐在后边的那一个。那个四只眼吗？不，不，坐在她旁边的那一位。那干吗不给她写个纸条？给她写什么呢？想想看，想想看，写——你愿意和我交朋友吗？不，不，这太蠢了，写——我早就想跟你交朋友了，并且写上我早就想吻你了。对，这样好，这样好。不过，还是短了些，应该写得再显点儿，再露骨点儿：我想跟你交朋友，我想吻你，我崇拜你，我爱你，你将是母牛，我将是公牛，哈哈哈！现在署上你的姓名，并且画上点什么。画什么呢？随便画好了，比如一头小公牛、一朵鲜花、一只小鸡鸡。我们就这样追随着进德女校的校车度过下午的课余时光。有时我们到阿雷基帕大街去看从马利亚之家走出来的穿白色制服的女学生们——她们大概刚参加完第一次受圣餐仪式吧？有时我们甚至坐快车赶到圣伊西德罗大街去偷看圣塔·乌苏拉女校和圣心女校的姑娘们。我们已不像从前那么热衷踢足球了。

举行生日晚会有男女学生共同参加时，男学生们便待在花园里，佯装玩逮人游戏。猜猜看，是谁跟你讲话？喂，抓住他！哈，我抓到你了，出局吧！其实，这时我们在注意地听着，注意地看着大厅里发生的事情。姑娘们在跟那些大男孩们做什么？真让人嫉妒。他们已经学会跳舞了吧？终于有一天，我们也下决心学习跳舞了，从此以后，我们这些小男孩每个礼拜六和礼拜天都整天地跳舞。在拉罗家跳，好吗？不，还是在我家吧，我家的房子大，条件也好。可是乔托家的唱片多，马尼乌克说他的妹妹舞跳得好，可以教我们。奎利亚尔又坚持说，他已经把事情告诉了爸爸妈妈，一定要去他家一次，哪天都可以。他的妈妈对他说，我的心肝，我送你那部电唱机。是送我一个人吗？对，你不是想学跳舞吗？把电唱机放到他的卧室里，把他的小朋友们叫来，关起门来学跳舞，爱跳多长时间就跳多长时间。妈妈还说，我的心肝，你再去买些唱片，去迪斯科中心买。我们真的和奎利亚尔去了迪斯科中心，选购了瓜拉恰舞曲、曼波舞曲、波莱罗舞曲和华尔兹舞曲的唱片，不用说，账都记在了奎利亚尔的爸爸老奎利亚尔先生的头上。我们一边挑唱片一边迈舞步，神气得像卡斯蒂利亚元帅。华尔兹舞和波莱罗舞很容易学，只要好好记着，数好数，这边一步那边一步就行了，乐曲没那么重要。瓜拉恰舞和曼波舞就难学了，前者必须注意好动作和姿势，后者必须注意好转身和松开舞伴，只有这样才能跳得潇洒自如。我们几乎是同时学会了跳舞和吸烟，或者说一边不停咳嗽地吸着好运牌和总督牌香烟，一边歪歪斜斜、扭扭晃晃地学跳舞，有时会高兴得又蹦又跳，突然喊叫起来：喂，小兄弟，抓住他，别让他走，动作再夸张点儿。室内空气混浊，我们头晕、咳嗽、吐唾沫。喂，晕劲儿过去了吗？嘿，撒谎，他的烟藏在舌头底下。我叫小鸡鸡，我们为他数拍子，大家看见了没有？开始数吧：八、九、十，现在他要把烟吐出来了。会吐还是不会吐？也可以从鼻孔里出来呀！弯下腰，转个圈，再直起身来，跟上音乐的节奏！

从前，世界上我们最喜欢的是体育运动和看电影。为了踢一场足球，我们不惜付出任何代价。现在变了，我们最喜欢的是姑娘和跳舞。为了能伴着佩雷斯·普拉多的唱片跟姑娘们跳舞，为了得到女主人的允许让我们抽烟，我们同样不惜付出任何代价。几乎每个周六都举办舞会。如果得不到邀请，我们就设法偷偷溜进去。在溜进舞场之前，我们先钻进街角的酒店，用拳头捶着柜台朝中国老板喊叫："来五瓶船长牌啤酒！"小鸡鸡说，对瓶喝，一口气喝干！于是便响起一阵咕噜咕噜的喝啤酒声，那阵势颇有一种男子汉气概，奎利亚尔更是如此。

当佩雷斯·普拉多率领他的乐队来到利马的时候，我们到科尔帕科去等他。奎利亚尔说，看看谁跟我一样勇敢地往前冲！他在人群中打开一条道，走到佩雷斯·普拉多身边，拉着他的外套高喊道："曼波舞之王！"佩雷斯·普拉多冲他笑了笑，也握了握我的手。我向你们发誓，他在奎利亚尔的相册上亲笔签了名，你们看看！我们坐在鲍比·罗萨诺的车里，夹杂在佩雷斯·普拉多的乐迷队伍中一直跟他到了圣马丁广场。尽管有大主教的禁令和查姆帕戈纳特教会学校修士们的警告，我们还是去了阿乔广场，去了索尔看台，去观看曼波舞全国冠军赛。每天晚上，我们都在奎利亚尔家里转到太阳电台，发疯般地倾听佩雷斯·普拉多的乐队演奏曼波舞曲：噢，哥们儿，小号吹得多棒！天呐，节奏多轻快！嗬，佩雷斯·普拉多的朗诵多动人！钢琴真是绝了！

那时候，我们已穿上了长裤，开始用发胶保持发型。大家的身体也都发育很快，特别是奎利亚尔，他原本在五个矮小瘦弱的同学中是最差的，现在一下变成了最高大、最健壮的那个。

"你简直长成了一个粗壮的印第安人，小鸡鸡，"我们对他说，"看你这块头，好像天天都在发福。"

III

在我们中间，第一个有恋人的是拉罗，那时我们在读中学三年级。一天晚上，他笑眯眯地走进克里姆·里卡咖啡馆。大家问他发生了什么事，他神采飞扬，神气得像只孔雀，说："我爱上了查布卡·莫里纳，她接受了我的爱。"我们到查斯吉酒馆去祝贺他。喝过第二杯啤酒之后，有人问拉罗，你是怎样向她表白爱情的？听了这话，奎利亚尔有点紧张，但还是问道，你握了她的手吗？这有点儿不好办吧？查布卡对你说了什么？拉罗说："何必刨根问底！""说说看，你吻了她吗？"拉罗高高兴兴地回答了朋友们的提问。现在该轮到他们表示表示了。他们兴高采烈地为拉罗的成功干杯，并且说，想想看，他们是不是也应该快点儿找到恋人。奎利亚尔还在用杯子敲着桌子追问拉罗："讲讲恋爱史，她对你说了什么？你对她说了什么？你干了什么事？"拉罗说："小鸡鸡，你简直像个牧师，要听我对你做忏悔。"奎利亚尔坚持道："再讲讲，再讲讲，看还有什么。"他们一起喝了三大瓶啤酒。半夜时分，小鸡鸡溜走了。在拉尔科大街上，面对公共救济协会，他倚在一根柱子上，吐了。他的脑袋软软地耷拉在胸前，像个鸡头。我们批评他，花了这么多钱买啤酒，竟这么糟蹋，真浪费！但是奎利亚尔辩解说，拉罗背叛了我们，他不想开玩笑，拉罗就是叛徒！他嘴里喷着白沫，弄脏了衬衫，继续说，拉罗提前爱上了一个女孩，甚至不愿跟我们详细讲讲恋爱过程。拉罗劝奎利亚尔道："小鸡鸡，你低下点儿头，裤子都弄脏了，再唠叨，连灵魂都要弄脏了。"可奎利亚尔说没关系，他不会弄脏灵魂，再说他弄脏衣服跟你拉罗有什么关系？无情无义的朋友，叛徒！

后来，在我们为他擦净身上的秽物时，他的怒气渐渐平息下来，却又表现得十分伤感："唉，我们再也见不到你了，拉罗，你将跟查布卡去过礼拜天，绝不会再找我们了，假女人。"拉罗说，你想得真怪，小兄弟，姑娘和朋友是不同的，但他们并不相互排斥，你不用妒嫉。放心吧，小鸡鸡，大家握握手吧。可奎利亚尔拒绝握手，还是让查布卡去跟他握手吧，我不跟他握手。我们把奎利亚尔送回家，一路上，他都在嘟嘟哝哝地说着什么。别说了，你这家伙，小心点儿，我们已经到了，你慢慢地进去，轻轻地走，一步步地走，就像盗贼那样。当心别弄出声音，否则会把你爸爸妈妈弄醒，他们会看到你的。可是，奎利亚尔喊叫起来，并且用脚踢他家的门，哼，让他们醒来吧，让他们看到吧，有什么了不起，你们不要走，胆小鬼。他不怕他的父母，你们留下来看着吧！马尼乌克说，他真的发火了。我们跑向斜街的时候，奎利亚尔听说拉罗爱上了查布卡，就变了脸色，情绪不对头了。乔托说，他是出于妒嫉，因此喝醉了。秦戈罗说，他的父母会把他打死的。可后来我们知道，他的父母没拿他怎么样。我们问，谁给你开的门？我妈妈。开了门以后怎么样？打你了？没有，她哭起来，说，我的心肝宝贝，这怎么可能，你这个年纪怎么能喝烈性饮料？父亲也来了，只是骂了他一通，没有打他。"你能答应以后不再喝了吗？""不喝了，爸爸。""你对自己干的事感到害羞吗？""是的，爸爸。"父母帮他洗了澡，让他上床睡觉，第二天清晨，他向父母请求原谅。他还请求拉罗原谅他，哥们儿，对不起。我喝酒喝昏了头，对吗？我骂了你，伤害了你，对吗？拉罗说，没那事，小鸡鸡，别胡说，你是喝醉了。握握手吧，我们还是好朋友，还像从前一样，就像什么也没发生。

可结果还是发生了一件事：奎利亚尔开始千方百计、绞尽脑汁地让人们注意他。我们为他的活跃感到高兴，并且时时注意着他的行动。他说，小伙子们，要不要我把老爸的车偷出来，咱们到科斯达内拉去兜风？我们说，别这么干，哥们儿。可是，他还是把爸爸的雪佛兰开出来去了科斯达内拉。"要我打破包比·罗萨诺的纪录吗？"他说。我们回答："别这么干，哥们儿。"他沿着防波堤刷刷刷地开下去，从贝纳维德斯一直开到盖布拉达，风驰电掣一般，只用了两分五十秒。"我打破纪录了吗？""对，打破了。"马尼乌克一边画着十字一边说："你打破了纪录，可也把我吓坏了，讨厌鬼！"奎利亚尔又问："要我请你们到'噢，多美！'俱乐部去好好要要吗？"别，用不着，哥们儿。我们去了"噢，多美！"俱乐部，大吃大嚼汉堡包和牛奶冰淇淋。我们在圣马利亚教堂看到奎利亚尔和一些小朋友一个一个地从俱乐部出来。奎利亚尔是躲开服务生逃掉的。他在俱乐部里对一些人说："我用我爸爸的铅丸猎枪把这幢房子的玻璃窗全部打碎，好吗？"大家劝他："别，别干这事，小鸡鸡。"可他还是打碎了俱乐部的玻璃窗。他发疯般地要做出一鸣惊人的事，也是为了将拉罗的军，讥笑他：

"你看到了吗？看到了吗？这事儿我敢，你可不敢。"我们都知道，他不能饶恕拉罗爱上查布卡，对拉罗恨得咬牙切齿。

读中学四年级的时候，乔托爱上了菲娜·萨拉斯，菲娜·萨拉斯也接受了他的爱。马尼乌克爱上了普希·拉尼亚斯，同样如愿以偿。奎利亚尔在家中关了整整一个月，在学校里几乎不跟他们打招呼。喂，你怎么了，奎利亚尔？没什么。干吗不来找我们？干吗不同乔托和马尼乌克一块出去玩玩？他没那个兴趣。大家都说，他变成了一个神秘的人、一个有趣的人、一个别别扭扭的人、一个爱怨恨的人。但是，久而久之，他也便一切听其自然，重新回到我们的集体，每逢礼拜天，就跟秦戈罗一起去看下午场电影（我们称他们为小光棍、小鳏夫），然后他们随便干点儿什么来消磨时间，或者一言不发地去逛大街，或者像我们一样双手插在口袋中，这儿走走，那儿逛逛，要么就在奎利亚尔家中听迪斯科舞曲、读笑话或玩纸牌。到了晚上九点钟，他们便去萨拉萨尔公园找别的小朋友，因为这时候，已是我们同恋人告别的时刻。"你们的约会很有滋味吧？"奎利亚尔说，这时我们已经到了阿拉梅达·里卡多·帕尔玛大街的台球房，大家都在脱外套、松领带并挽起袖口。"十分够味儿吧，小伙子们？"奎利亚尔那病态的嗓音中充满讥讽、妒嫉和不悦。小伙子们说："少废话，还是玩球吧！我们开始玩球还是要贫嘴？"奎利亚尔不停地眨着眼睛，仿佛烟雾和聚光灯的光刺得他眼睛难受。我们又对他说：你生气了，小鸡鸡？你何必生气？不如也去找一个姑娘，别再让人讨厌了！他反唇相讥："你们的接吻是嘬了又嘬吧？"他咳嗽着，吐着唾沫，如一个醉汉。"吻得都憋得透不过气了吧？"他咚咚地踏着地板趾高气扬地走着，"你们掀起她们的裙子把手伸进去了吧？"小朋友们说："小鸡鸡，妒嫉把你害了。"奎利亚尔愈加发疯："真美，味道好极了，对吗？"大家都主张不再争吵，赶快开始玩球，可奎利亚尔还是不依不饶，开始严肃起来："你们对姑娘们到底干了些什么？你们爱吻多长时间她们就让你们吻多长时间吗？""奎利亚尔，哥们儿，你又来了，你已经让人讨厌透了，还是闭上嘴吧！"有一次，拉罗跟他火了："你少满嘴喷粪！真该撕破你的嘴！你把我们的恋人想成什么人了？她们可不是你说的那些贱货！"我们将他们分开来，并让他们重新和好。可是奎利亚尔不能控制自己，不肯放过拉罗，每到星期天都要故伎重施："喂，说说看，约会的情况怎么样？别不好意思，讲出来听听，够味儿吧？"

读中学五年级的时候，秦戈罗追求拜维·罗美洛，遭到拒绝；追求图拉·拉米雷斯，也吃了闭门羹；继而追求齐娜·萨尔迪瓦尔，后者接受了他的爱情。于是他说，事不过三，只要坚持，必定成功。他高兴极了。我们到圣马丁大街卡查斯加一家开的小酒吧去为他庆贺，奎利亚尔呆呆地坐在角落的椅子上，蜷缩着身子，满面愁容，不断地喘着粗气。哥们儿，别把脸拉得那么长，现在该轮到你了。你自己去选一位姑娘，大胆地去追她。你已经落后了，我们来帮你，我们的女友也来帮你。我们都这样异口同声地劝说他，鼓励他。对，对，他听大家的话，去选一位姑娘，这话是认真的。可是，他又突然站起身跟大家告别："再见，"他说，"我累了，要去睡了。"马尼乌克说，如果他留下来，他会哭出来的。乔托也说，他一直在忍着不哭出来。秦戈罗说，如果他哭不出来，他会像上次一样踢他一脚。拉罗十分认真地总结道：一定要帮他，帮他找一位姑娘，丑一点儿也没关系，这会使他从困惑中解脱出来。对，对，我们应该帮助他，他是个好人，有时候有点儿讨厌，但处在他的位置，谁都会这样。我们应该理解他、原谅他。我们都很怀念他、爱他，我们为他的健康干杯。"小鸡鸡，你知道吗？我们为你的健康碰杯了。"

从那个时候起，每逢周日和节假日，奎利亚尔便一个人去看下午场电影。我们看到他坐在电影院池座的后排座上一支接一支地抽着烟，在黑暗中偷偷地看着一对对幽会的情侣。他只是到了晚上才在台球房、布朗萨咖啡馆或克里姆·里卡咖啡馆同我们相聚。那时，他露出一张痛苦的脸，用一副酸溜溜的腔调跟我们打招呼："怎么样，星期天过得好吗？"他首先说他过得很好，然后说："我想你们过得非常非常愉快，不是吗？"

但是，到了夏天，奎利亚尔的怒气消失了。我们经常一起去海滩——是去拉埃拉杜拉海滩，而不再去米拉弗洛雷斯。圣诞节，他的父母送了他一辆福特牌轿车，驾驶室是敞篷的。我们坐在轿车上，一路猛闯红灯，并且不停地将喇叭揿得"哇哇哇"震耳欲聋，吓得行人都急急忙忙躲开来。虽说很不容易，但奎利亚尔总算跟女孩子们交上了朋友，而且处得不错。可女孩子们总是拿一件事找他寻开心：奎利亚尔，你干吗不痛痛快快地去追个女孩子？一旦你有了恋人，我们不就是五对了嘛！那时我们可以随时一块出去，跑遍四面八方！你干吗不照我们的话去做呢？奎利亚尔风趣地开着玩笑自卫道："如果我也找到恋人，我这辆福特车虽说结实，也盛不下那么多人呀！那时你们其中一位就要被排挤出去，成了牺牲品，不知如何是好了。现在我们车上五个人不是已经很挤了吗？普希严肃地说，男孩子们都有了恋人，就他没有，别再总是老调重弹了，还是去追求瘦姑娘加米奥吧！她可是想死他了，是那姑娘亲口告诉他们的。当时齐娜正在跟大家一起玩逮人游戏，她问加米奥：你喜欢奎利亚尔吗？拿出勇气来去追他，我们对他进行围攻，他会接受你的感情的，下决心吧。但是，奎利亚尔不想要恋人，听了别人的劝告，他急忙说道："我还是喜欢自由，不愿做征服者，独身比什么都好。"齐娜说："你要自由是为了什么？为了干荒唐事？"查布卡说："为的是爱跟谁幽会就跟谁幽会。"普希说："是跟那些矫揉造作、故作风雅的女人幽会吧？"奎利亚尔脸上露出神秘的表情说："也许吧！也许吧！这也许是一种恶习，可能。"菲娜说："你为什么再也不参加我们的晚会？过去你每次都来，那么高兴，舞跳得那么好。你怎么了，奎利亚尔？"查布卡说："奎利亚尔，别自我封闭，别自找无聊，来吧，参加我们的晚会，总有一天你会遇上一位喜欢你的姑娘，那时你就去追她。"但是，奎利亚尔半点儿听不进去，他无可救药了。他说我们的晚会令他厌烦，总是老一套。他不参加是因为他可以去更好的地方玩得更开心。姑娘们说，根本的问题是他不喜欢正派的女孩子。奎利亚尔说，那些女孩做做朋友是可以的。姑娘们说，你只喜欢那些不三不四的女孩、出身低微的女孩、强盗式的女孩。听了这话，奎利亚尔突然开始高声喊起来："我喜喜——喜欢——（他口吃起来）正正正——正派的女女女——女孩，只只只——只是不不不——不喜欢瘦瘦瘦姑娘加米奥。"姑娘们提醒他道："喂，你手握方向盘太用力了。"他又解释说，由于考试，他没时间参加她们的晚会，没时间交女朋友。这时，我们男孩子出来保卫奎利亚尔了，对姑娘们说，行啦，别再逗他了，让他安静会儿吧。你们说服不了他的，他有他的计划、他的秘密。我们转而又对奎利亚尔道："开快点儿，哥们儿，你看太阳多好，拉埃拉杜拉海滩大概热得要燃烧了。加大油门，让你的大马力福特车飞起来吧！"

我们在海鸥饭店对面洗海水澡。当四对情侣躺在沙滩上晒太阳的时候，奎利亚尔便搞冲浪运动来炫耀自己的本领。"喂，奎利亚尔，那道浪过来了，多雄伟，你能表演一下吗？"查布卡对他说。小鸡鸡从沙滩上一跃而起，这太使他兴奋了，至少他在这方面比我们都强。"小查布卡，我来试试吧，看着点！"他往后仰着头，挺着胸，朝滚滚而来的一条巨浪扑过去，先是潜入水中，优美地挥动着双臂，有节奏地用两腿击水往前游去。"他游得真好！"普希说。当浪涛正要炸开来的时候，他也恰好赶到了那儿。

"你们看，他要冲浪了，真勇敢！"齐娜说。那时便见奎利亚尔浮在水面上，几乎把头埋在水中，一只手举在空中，另一只手击着水，像一位冠军似的在水中做着各种动作。我们看到他一会儿直升到浪峰，一会儿又随着浪峰跌下去，消失在隆隆作响的一片白色浪花之中。"你们看，你们看，他要做折体姿势了。"菲娜说。于是我们看到奎利亚尔再次出现了。他被浪推着，直奔我们而来，弓着身子，露出脑袋，双脚在空中交叉，颠簸不停的海水一直将他轻轻地送到岸边。

当奎利亚尔借着回头浪的冲击力翻转身，一边朝我们告别一边重新扑向大海时，姑娘们异口同声地赞叹道："他冲浪冲得多好！他那么可爱、那么聪明，为什么没有恋人？"男孩们你看看我，我看看你，没有作答。拉罗忍不住笑了起来。菲娜不解地问："你们怎么了？笑什么？说说看！"乔托脸红了，说："就是笑呗，没什么意思。瞧你说的，笑还用得着解释！"菲娜说，其中必有缘故，你别装蒜了！乔托说，他不是装蒜，就是没有原因，这是真话。秦戈罗说：他没有恋人是因为他腼腆，不好意思。普希说，不对，他不交女友，就更是个无赖。查布卡说："他到底为什么不找恋人？"拉罗说："他在找，但是还没有找到。他很快会爱上某个姑娘的。"齐娜说："撒谎，他没有找。他从不参加晚会。"查布卡说，这又是为什么？拉罗说："为什么？你们都知道，我拿脑袋担保你们都清楚，而且早就清楚了，只是揣着明白装糊涂。你们为什么这么干？为的是套我们的话儿，骗我们说出来。如果你们不清楚，干吗问那么多为什么？干吗老用奇怪的眼神看我们？干吗说话不怀好意？"可乔托说："拉罗，你弄错了，她们不知道，她们的问题是天真无邪的。姑娘们可怜他到了这个年龄还没有女友，看到他孤孤单单，心中难过，所以想帮助他。"秦戈罗说，也许她们现在不知道，可总有一天她们会知道的。这是奎利亚尔的过错，他干吗不去追求一个姑娘呢？哪怕装装样子也好！查布卡说："那到底是为什么？"马尼乌克说："这跟你有什么关系？你干吗刨根问底？说不定哪一天他会爱上个姑娘，等着瞧吧！现在你们就别多问了，到此为止吧。"

随着时间的推移，奎利亚尔对姑娘们更冷淡、更话少、更回避了。同时他也变得更发疯了：普希过生日时，他从窗户里扔进一些乱七八糟的东西，把生日晚会搞砸了。普希哭了起来，马尼乌克发了火，他去找奎利亚尔算账，两个人动了武，小鸡鸡打了马尼乌克。我们花费了一星期才让他们和好。"对不起，马尼乌克，真该死，我不知自己是怎么了，哥们儿。""没关系，倒是我应该向你请求原谅，小鸡鸡，我一时头脑发热了。来，来，普希也原谅你了，她希望见到你。"在圣诞节的子时弥撒上，奎利亚尔喝醉了。拉罗和乔托不得不把他架到了花园里。"放开我！"他在说梦话，并且呕吐着。醉了有什么要紧！他想有一支左轮手枪。"要枪干什么，小兄弟？是不是患了震颤性谵妄症，要拿枪杀死我们？""对，也杀死那个路过的家伙，砰砰砰。杀死你也杀死我，砰砰砰。"一个星期天，他闯进了跑马场的草坪，开着他的福特车呼呼呼地向人们冲去，人们惊恐万状地尖叫着跳过围栏逃跑，他仍向人们呼呼呼地追过去。在狂欢节上，姑娘们都躲开他，因为他用臭子弹（鸡蛋壳、烂水果和洒上尿的气球）轰炸她们，并往她们身上抹泥巴、墨水、面粉、刷锅用的肥皂和鞋油，她们骂他是野蛮人、猪猡、傻瓜和畜生。他出现在特拉萨斯的晚会上，出现在巴兰科公园的儿童乐园里，出现在草地网球场举行的露天舞会上，从不化妆打扮，只是双手各持一条喷乙醚的胶皮管，咻咻咻、咻咻咻、哗嘶、喷她、喷她，往眼睛上喷，把她喷瞎了，哈哈哈、咻咻咻、咻咻咻、哈哈哈，或者拿一根拐杖，专门对准一对对情侣的脚，让他们"咕咚咚"跌在地上。他跟人家打起架来，人家揍了他。有时我们保护他，但他从不吸取教训。我们都说，他老是这么干，总有一天，人家会把他打死。

他的荒唐行为使他臭名远扬。秦戈罗说，小兄弟，你可得改改了。乔托说，小鸡鸡，你正在变得越来越让人讨厌。马尼乌克说，姑娘们都不愿跟你在一起了，她们把你看作强盗，看作多余的人，是讨厌鬼。有时，他也感到伤心，表示是最后一次了，保证以后改过。但有时他又寻衅闹事："说我是强盗，啊哈，是吗？是那些爱吹牛夸口的女孩子说的？没关系，这些弱不禁风的女子根本不值得理睬，去她们的吧，我才不管呢！"

在升级晚会上——穿礼服的社交舞会，有两支乐队伴奏，在国家俱乐部举行，班里唯一没露面的学生就是奎利亚尔。我们劝他说："你别犯傻，应该来，我们要帮你找个姑娘。普希跟马戈特说过了，菲娜跟伊尔塞说过了，齐娜跟埃莱娜说过了，查布卡跟弗洛拉说过了。她们都很愿意，都迫不及待地要成为你的情侣，你可以选择，来参加舞会吧！"但是，他不来，说参加舞会要穿上考究的衣服，还要吸烟，多可笑，他不干。最好还是之后大家再聚吧。好吧，小鸡鸡，随你的便吧，不来就不来吧。你不爱既热闹又隆重的场合，那就下午两点在查斯吉咖啡馆等我们吧。我们先把姑娘们送回家，然后来接你，大家一块去喝几杯，随便去转转。奎利亚尔神情忧伤地说："好吧，就这样。"

IV

第二年，秦戈罗和马尼乌克就读工程学一年级，拉罗上医学预科，乔托开始在"威塞之家"工作。查布卡已不是拉罗的意中人，而是秦戈罗的意中人；齐娜已不是秦戈罗的情人，而是拉罗的意中人。这时候，特雷西塔·阿拉特来到了米拉弗洛雷斯区。奎利亚尔看到了她，于是他变了，至少一时变了。他突然不再搞恶作剧，也不再只穿衬衣、脏兮兮的裤子或戴一头乱蓬蓬的假发，而是开始打起了领带，穿起了外套，头发梳出高高的波浪，皮鞋擦得油光锃亮。你怎么了，小鸡鸡？简直认不出你了，活像个文文静静的中国人。奎利亚尔回答说，什么也没有发生，就是心里高兴呗。应该注意点儿边幅，不是吗？他是那般自鸣得意，神采飞扬，完全恢复了往昔的样子。我们对他说，看把你高兴的，哥们儿，你如今这样，宛如身上发生了一场革命，是不是？他说，大概是因为特雷西塔吧！她就像一块乳脂糖，突然一下子……那么你喜欢上她了吗？他说，大概是吧！她又像一块口香糖，他可能爱上她了。

奎利亚尔又变得喜欢交际了，几乎跟小时候一样。星期天，他出席十二点钟的弥撒（有时我们还看到他领圣餐）。从教堂出来的时候，他便朝区里的姑娘们凑过去：你们好？你怎么样，特雷西塔？我们去公园走走好吗？我们到有树阴的那条凳子上坐坐？下午，天将黑的时候，他就去滑冰场。他一会儿摔倒，一会儿爬起来，样子十分滑稽，并且不时地讲着话："来，来，特雷西塔，我来教你。"特雷西塔说："摔倒了怎么办？"他说，不会的，不会的，他用一只手搀着她。来吧，来吧，就滑一圈。特雷西塔答应了，涨红着脸，卖弄着风情："就一圈，慢点儿！"她羞怯地走到他的身边，露出两排小鼠牙："好吧，开始吧！"奎利亚尔也喜欢上了划船比赛。他劝爸爸参加划船俱乐部，这样他的朋友们都可以去划船了。爸爸说："好吧，我去做一名股东。你真的想划船吗，孩子？"真的，他要成为斜街上的划船名手。他甚至会在星期天的下午到萨拉萨尔公园转上几圈，而且人们总是看到他面带笑容。他问特雷西塔："喂，您知道大象和耶稣有什么相似之处吗？"接着便献殷勤："戴上我的眼镜吧，特雷西塔，太阳真毒。"然后又说："有什么新闻吗？特雷西塔，你们家的人都好吗？"随即又请客了："特雷西塔，来个热狗？来个三明治还是来个牛奶冰淇凌?"

　　好了，菲娜说，已经到时候了，他恋爱了。查布卡说，他还真行，看着特雷西塔，他都要流口水了。晚上的时候，他的同学们聚到台球桌边，一边等他一边议论着：他开始追她了吗？乔托说，他有这个胆量吗？秦戈罗问，特雷西塔知道吗？但是，没有人正面问他这件事，而拐弯抹角地问他又打听不出来：你看到特雷西塔吗？看到了。你们去看电影了吗？去了，去了阿瓦·卡德内尔电影院，看了下午场。电影怎么样？好极了，不能再好了。我们也一起去吧，不要错过机会。说罢，奎利亚尔脱去外套，挽起衬衫的袖子，拿起球杆，为五个人要了啤酒，我们便玩起了弹子球。一天晚上，他在一击连中两球后，看都不看地低声对我们说，好了，我的病要治了。他记好自己的分数后又说，我要去动手术。朋友们听了惊讶地问："你说什么，小鸡鸡？你真的要动手术吗？"他说："没办法，只好这样了。"朋友们说，这太好了，不是吗？奎利亚尔说，可以动手术，这没问题。但不是在秘鲁，而是去纽约，他爸爸将带他去那儿。我们都十分高兴，说，真棒，哥们儿，真了不起，多好的消息呀！你何时动身去纽约？他说，很快，一个月以后就去。我们不约而同地劝他说，你笑起来吧！喝起来吧！叫起来吧！高兴起来吧，小兄弟！这的确太叫人高兴了。他说，可是事情还在商议中，没有最后定下来。要等医生的回答，他的父亲已给医生写信了，那不是一般的医生，而是学者，是纽约出类拔萃的医学专家之一。奎利亚尔回到家中问爸爸，纽约的回信到了吗？爸爸说还没有。第二天他又问妈妈，邮差来过吗，妈妈？妈妈说，没有，我的心肝，安下心来吧，信会来的，用不着那么着急。信终于到了。爸爸抓住奎利亚尔的肩膀说：不，不行，孩子，手术动不了，你应该对生活有勇气。我们对奎利亚尔说：唉，真遗憾。但是，奎利亚尔对我们说，不能去纽约动手术，说不定别的地方可以，比如德国，比如巴黎，比如伦敦。他父亲会去打听的，会向世界各国发信。他向奎利亚尔表示："我要不惜任何代价为你把病治好，孩子。"奎利亚尔相信，总有一天他会到国外去治病，手术会成功。我们都附和道："当然了，小兄弟，你想的一点儿也不错。"可怜的奎利亚尔！他离开我们时几乎要哭了。乔托说："特雷西塔到米拉弗洛雷斯来得真不是时候。"秦戈罗说："他本来已经听天由命，一切都习惯了，现在又绝望起来。"但是马尼乌克说："也说不定哪一天医学进步到一定的地步，会发明点儿什么，他的病就可以治了，当今的医学不是已经很昌明了吗？对不对？"拉罗说不会的，他的叔叔是医生，对他说过这种病是没法治的，奎利亚尔绝对没救了。可奎利亚尔不死心："爸爸，有信来吗？""还没有。""巴黎也没来信吗，妈妈？""没有。可说不定罗马的信一下就来了。德国的信也有可能，等等吧，好吗？"

这期间，奎利亚尔又开始参加晚会了。仿佛是为了洗掉他的荒唐行为在各家各户留下的坏名声，他在生日晚会和其他聚会上都表现得像个模范生，无可挑剔。他准点到达，不喝酒，手里还拿件礼物："送给你，亲爱的查布卡，生日快乐；这些花是送你妈妈的。请告诉我，特雷西塔来了吗？"他跳舞时腰杆挺得笔直，动作很规矩，我们都说他像个老者。他从不把舞伴抱得太紧，在站在那儿的姑娘中，他总是挑个胖的："来，姑娘，请您跳个舞。"他跟女孩子的爸爸们交谈，也跟她们的妈妈们交谈。他对女人们说："请便吧，夫人，要我给您拿杯果汁吗？"他对男人们说："要我给您倒杯酒吗？"他还向女人们献殷勤："您的项链真漂亮！您的戒指光亮得耀眼！"他的话越来越多，经常没话找话说："先生，去看赛马了吧？快中奖了吧？"他也开始学会说恭维话："夫人，在本地人中，您真算得上既聪明又漂亮，可说是十全十美；华阿根先生，您应该这样给她手势让她转圈，您的舞跳得太叫人入迷了。"

当我们坐在公园的长凳上闲聊的时候，特雷西塔·阿拉特来了。那时，我们便会改换地点，坐到克里姆·里卡咖啡馆的桌上去，或者去区里某个别的地方。重新落座后，奎利亚尔就要改变话题了。我们都明白，他是要装出一副大学问家的架势，要让特雷西塔吃惊，要让特雷西塔敬慕他。他谈一些既离奇又艰涩的事情。说到宗教，他就说，万能的上帝既然永生不死，那么他会不会自杀呢？喂，看看我们谁能解开这道难题。说到政治，他就说，希特勒并不像人们说的那样是个疯子，在短短几年之内，他就把德国变成了一个世界强国。难道事实不是如此吗？你们怎么看？他还说，唯灵论不是迷信，而是科学，法国大学里就有灵媒，他们不仅可以把灵魂招来，而且可以为灵魂拍照。他看过一本这样的书。"特雷西塔，如果您想看，我可以为您找来，借给您。"他宣布他要去读书，下一年进天主教大学。特雷西塔忸怩作态地说："太棒了，您学什么专业？"她把一双白皙的小手在他眼前晃了晃。奎利亚尔回答，学法律专业！他也把自己粗粗的手指和长长的指甲在她眼前晃了晃。她说，哎呀，太糟糕了。接着就变了脸色，露出伤心的神情。奎利亚尔说，可是，我学法律专业并非要去当律师，而是为了进塔戈雷大楼做外交官。她听了这话立刻眉飞色舞、手舞足蹈起来。他说，真的，外交部长是他父亲的朋友，父亲已经跟他讲过了。特雷西塔抿着樱桃小口笑道："外交官？天呐，真是太好了！"他说，外交官令他入迷，他酷爱这一职业，因为外交官可以周游世界、见多识广。她说，没错！再说，外交官的生活几乎天天像过节，别忘了这一点。

普希说，爱情创造奇迹，你看他变得多么庄重，一派绅士风度。但齐娜说，他爱的方式不能更奇怪了，如果他那么爱特雷西塔，干吗不干脆挑明？查布卡也赞成这意见，他已经追了特雷西塔两个月，还在等什么？干吗至今干打雷不下雨呢？他们的幽会是什么样子？在我们男孩子之间，大家这样议论：他们到底懂不懂对方的心思？他们是不是都在装傻？但是，到了女孩子面前，我们就不露声色地庇护他了：别着急，走得慢才走得远，姑娘们！秦戈罗说，可能是因为傲慢，在他完全有把握她会接受他的爱之前，他不愿去冒险。齐娜说，不过，她肯定会接受他的爱，没看到她跟奎利亚尔总是眉来眼去的吗？齐娜说，他们已经是甜甜蜜蜜的一对了，特雷西塔已经在多方暗示他了：噢，你滑冰滑得多好！噢，你的毛背心真漂亮！嚯，你穿的真暖和哟！甚至会跟他开玩笑说，我将来的伴侣就是你。可是，马尼乌克说，她越是这样，奎利亚尔就越是不敢相信。特雷西塔喜欢卖弄风情，谁也摸不透她的心，看上去她像是在爱一个人，后来却证明不是那么回事儿。但是，菲娜和普希不赞成马尼乌克的说法，说他在撒谎，因为她们曾问过特雷西塔："你会答应奎利亚尔吗？"她对他们做了肯定的回答。查布卡也说，难道他们不是经常出双入对吗？难道在舞会上她不是只跟他一个人跳舞吗？难道在电影院里她不是只跟他一个人坐在一起吗？事情不能更清楚了：她爱死他了。齐娜说，最好还是由奎利亚尔痛痛快快地向她表白爱情，不要没完没了地等待，否则特雷西塔会厌倦的，大家还是劝劝他吧。如果奎利亚尔想找个机会，我们就给他提供，比如组织一场周末晚会，在我家、查布卡家或者菲娜家都行。先让他们跳会儿舞，然后我们就到花园去，让他们俩单独待在一起，还有比这更好的事吗？在弹子房里一起待着，他们竟看不出对方的心思，太天真了，或者说太虚伪了。其实，他们什么都懂，就是揣着明白装糊涂罢了。

一天，拉罗说，事情不能总这样下去，特雷西塔像玩一条狗似的对待奎利亚尔，小鸡鸡会发疯的，甚至会为爱而死的，我们做点儿什么帮帮他吧！朋友们都一致响应，但怎么做呢？马尼乌克提议去问清楚特雷西塔到底是真的爱他还是卖弄风情逗他玩儿。我们去了特雷西塔家，开门见山地问了她，没想到她是个十足的滑头和无赖，简直一口要把我们四个人都吃了。她坐在她家的露台上慢条斯理地说："你们说奎利亚尔？可是你们不叫他奎利亚尔呀！你们叫他一个十分难听的名字呀！"她在椅子上摇来晃去，让路灯的光亮照在她的腿上，"你们说他爱我爱得要死？这可不坏，可是，你们凭什么这么说？"乔托说："你别装了，你知道，我们也知道，姑娘们也知道，全米拉弗洛雷斯区的人都这么说。"特雷西塔鼻子、嘴巴和眼睛一齐动："真的？"她像看到了一个火星人，"我可是第一次听说。"马尼乌克说："你算了吧，特雷西塔，老实说出来吧，别装模作样了！你没发觉他怎么看你吗？"正在这时，特雷西塔喊了起来："哎哟，哎哟，哎哟，哎哟！"她又是拍巴掌，又是挥舞双手，又是咬牙，又是顿足："你们看，你们看，一只蝴蝶！快去捉呀！"我们跑过去，捉住蝴蝶，送到她的手里。她把话题又转回来："没错，他老是看我，但那是作为一个朋友。"接着她又转向蝴蝶，"你们看它多好看！"她用手指和指甲抚弄着它的翅膀，口里嚷嚷着，"你们把它抓死了，真可怜！"抬头又望着我们，"他的确老看着我，可他从来没对我说过什么。"我们反驳说："别胡说八道了，完全是撒谎，他肯定会对你说点儿什么，至少会对你说些恭维话。"她说，没有，他从未对她说过什么，她说的是实话。此时她转了话题，说，我们在花园里挖个坑，把蝴蝶埋了吧！跟着又把话头转回来："我向你们发誓，奎利亚尔绝对没向我表示过什么！"她摇着脑袋，晃动着鬈发。秦戈罗说，难道你没发觉他对你总是紧追不放吗？特雷西塔说，这话不假，可那是朋友之情。哎呀，哎呀，哎呀！特雷西塔突然拍着手跺着脚叫起来，眼睛也瞪得滴溜溜圆："这只该死的蝴蝶！这个强盗！它没有死！它飞了！"她忽而又拉回到原来的话题上：奎利亚尔既没有搂过她的腰肢，也没有碰过她的乳房，甚至连她的手都没有拉过。不是吗？充其量也只能说他有过这样的企图，仅此而已。"那儿，在那儿！"特雷西塔看到飞舞的蝴蝶又叫起来，我们便赶过去追捕，又把它抓住了。"如果奎利亚尔对我真的有意思，他早就对我表白了。"特雷西塔说。拉罗一边把抓在手中的蝴蝶交给特雷西塔，嘱咐她小心别弄脏了衣服，一边说："他至今没向您表白，是因为他胆怯，摸不准您会不会答应他。特雷西塔，如果他说出口，您会接受他的感情吗？""哎呀，哎呀！"特雷西塔皱起眉头，脑门上挤出皱纹，"你们把蝴蝶抓死了，把它抓扁了。"接着，她圆鼓鼓的脸上露出酒窝，忽闪着眉宇间的两只大眼睛，"接受谁的感情？"我们说："还能有谁呢！"特雷西塔又把话题转向蝴蝶："我们最好还是这样把它扔掉吧，看看，都把它抓扁了，干吗还要埋它呢！行吗，小英雄们！"稍停，她又如梦方醒，"你们指的是奎利亚尔？"马尼乌克说："这还用说！他没跟你说过悄悄话？如果没说，那是因为他还不懂。"乔托说："他真的喜欢你，特雷西塔，他肯定跟你说过悄悄话。"特雷西塔说："他没说！他没说！反正我不知道他的心思。那就看看有没有机会让他表现一下吧，不过这种机会永远不会出现。"我们说："这种机会肯定会有！"拉罗说："你不觉得他在逐渐成熟吗？"特雷西塔问："你说奎利亚尔？"她又兴奋得手舞足蹈起来，"他是有点儿成熟了，不是吗？"我们说："你看，你看，这不就说明你喜欢他吗？"特雷西塔说："我什么也没说呀！你们别设套让我钻呀！"她一转脸又喊起来，"你们看，你们看，蝴蝶在花园的天竺葵中间闪闪发亮地飞了，或者是别的虫子？"她又是拍腿，又是跺脚，又是忽闪手指，"他为什么得了个如此难听的外号？"我们说："那是因为我们这帮人太没教养、太调皮了。""你们为什么不给他起个漂亮的外号，比如鸡雏、鲍比、超人、比利亚朗兔等？"我们说："我们是想给他起个好听的外号，我们会给他起的，你没看到我们的行为吗？他带着一个那么难听的外号，我们真同情他。那么，你会爱他了，特雷西塔？"特雷西塔答道："爱他？有那么一点点！"她哈哈大笑起来，眼睛也滴溜溜转个不停，"我是爱他，当然了，但那只是作为朋友。"

我们大家都认为，特雷西塔是假装不爱奎利亚尔，其实很爱他。小鸡鸡应该主动去追她，那样做必定马到成功，我们得去找奎利亚尔谈谈。可是，事情很难办，我们都不敢做这件事。

奎利亚尔也不敢果断行事。他白天黑夜地跟在特雷西塔·阿拉特身后，只是欣赏着她，做些使她高兴的事，跟她套近乎。米拉弗洛雷斯区不知底细的人都嘲笑他，说他是剃头挑子一头热，说他没脸没皮，是哈巴狗。姑娘们为了羞辱他，也为了鼓励他，对他唱："等待到何时，等待到何时！"就这样，一天晚上，我们拉奎利亚尔去巴兰科电影院看电影，散场的时候，我们对他说，我们坐你的豪华福特车去拉埃拉杜拉海滩兜兜风，好吗？他说，好哇，我们喝喝啤酒，玩玩足球，多惬意呀！我们坐上奎利亚尔的福特车，他加大油门，"呼呼呼"风驰电掣般地开起来，拐过几个街角之后，在乔里略斯防波堤被一名警察截住了，原来我们的车速超过了每小时百公里。"先生，小伙子，你可不能这么干，不能这样野蛮驾驶。"警察要我们拿出驾驶执照，我们只好破费："先生，拿去吧，为我们的健康喝几杯皮斯科酒吧！""小伙子，可不能这样野蛮驾车呀！"我们在拉埃拉杜拉海滩下了车，坐在民族海鲜酒家的一张餐桌上："看这些秋罗人，哥们儿，这位姑娘不坏，看她们跳舞的样子，比杂技团的人还滑稽。"我们喝完两瓶酒，没有人敢对奎利亚尔说什么。喝了四瓶，大家还是一言不发。喝过六瓶之后，拉罗开口了："我是你的朋友，小鸡鸡。"奎利亚尔笑了："你喝醉了吧？"马尼乌克说："我们非常爱你，哥们儿。"奎利亚尔道："怎么了？"接着又笑，"你也是借酒劲跟我套近乎？"秦戈罗说："我们想跟你谈谈，哥们儿，也想劝劝你。"奎利亚尔突然脸色变了，变得煞白。他举起酒杯为大家祝酒，说："看这一对舞跳得多滑稽，不是吗？男的像个蝌蚪，女的像只母猴，你们说对不对？"拉罗说："你干吗要掩饰呢？哥们儿，你爱特雷西塔爱得要死，是不是呀？"奎利亚尔咳嗽了一声，打了个喷嚏。马尼乌克说："小鸡鸡，跟我们说实话，你是不是喜欢特雷西塔?"奎利亚尔淡然一笑，脸上露出悲伤之情，身体在发抖，说话的声音几乎听不到："是——是——是——喜——喜——喜——欢——欢——欢她。"我们又喝了两瓶啤酒。奎利亚尔说，他是喜欢她，可他不知道该怎么办。乔托说，什么该怎么办? 追她就是了呗! 奎利亚尔说，那可不行! 秦戈罗也说，事情可没那么简单。乔托坚持道："小伙子，去追她，紧追不放，向她表白爱情，她会答应你的。"奎利亚尔说，追是可以，可是接下来呢? 马尼乌克也说，特雷西塔可能会答应。可是，答应以后怎么办呢? 奎利亚尔喝着啤酒，声音都变了。拉罗说，以后的事以后再说，现在先去追，别的且不管。也许过一段时间，奎利亚尔的病就治好了。奎利亚尔问乔托："如果特雷西塔知道了，如果有人告诉了她，怎么办?"我们说："她不会知道的，我们把你对她的感情挑明了，她说她爱你爱得要死。"奎利亚尔的声音又变调了："她爱我爱得要死?"我们说，是这样，一点儿也不错。奎利亚尔说："当然了，也许过一段时间我能治好，你们不这样认为吗?"我们齐声回答："当然，当然，小鸡鸡。而且，无论如何，你都不能这样继续下去了，不能这样忍受痛苦的折磨，一天天瘦下去，将身体搞垮。喂，鼓起勇气去追她吧。"拉罗说："你干吗还怀疑? 干吗还犹豫不决? 去追吧! 她会成为你的恋人。"奎利亚尔问，怎么追? 乔托说，跟她约会呀! 马尼乌克说，去抓她的手! 秦戈罗说，去吻她! 拉罗说，轻轻地拥抱她，抚摸她！奎利亚尔又问："以后呢？"他的声音又弱下去了。我们说："以后？"他说："对，以后。"我们说："以后你们长大了就结婚呗！"他问拉罗，你怎么看？拉罗说："现在就开始想这个问题真是太荒唐了。再说，将来这事儿也没什么大不了，有一天你不喜欢她了，就扔掉她呗，她也会随便找个什么理由跟你打官司。这样你们就会打起架来，一切也就结束了。"奎利亚尔吞吞吐吐地说："这正是我不希望看到的，因为我爱她。"但是，过了没一会儿——我们已喝光了十瓶啤酒——奎利亚尔终于说了明白话："哥儿们，你们说得对，没有比这更好的主意了：我去追她，跟她相处一段时间，然后就跟她拜拜。"

但是，一个星期一个星期地过去了。我们不时问奎利亚尔："小鸡鸡，何时行动？"他总是踌躇不决："明天吧，说定了。"不管是以前还是以后，我们从未见过他如此痛苦。姑娘们也埋怨他说："你总是想啊、想啊，时间都浪费了。"并且对他唱波莱罗舞曲："也许，也许，也许……"[1]结果，他开始闹事了：在台球房里，他会突然把球杆扔在地上，大喊一声"追她，哥们儿"，并且开始乱丢啤酒瓶和烟蒂，随便找碴儿惹是生非，或者眼泪哗哗地流下来，说："明天吧，这回说的是真话，我以我母亲的名义发誓：明天我要么向她求爱，要么自杀。"我们说："时间一天天过去了，而你却处于绝望之中……"他喝了苦艾酒，开始在拉尔

---

[1]　出自 *Quizás*，*Quizás*，*Quizás*，爵士乐名曲，中文名《也许，也许，也许》。

科大街上走起来、跑起来，像一匹疯马似的喊着："别管我！"我们在后边追他，他又喊："我想一个人待着！"我们起哄："去找特雷西塔，小鸡鸡，别这么折磨自己，去找她，去找她，'也许，也许，也许'……"有时，他一个人钻进查斯吉咖啡馆去喝闷酒。拉罗说，他心中怀着深深的怨恨，直至一醉方休。乔托说，他真是痛苦极了。我们送他回家，他喊道："我真想杀人，哥们儿！"我们几乎是半抬着把他送到家门口："小鸡鸡，痛痛快快地下决心吧，去追特雷西塔。"姑娘们说："明天就行动，否则就晚了，'你在浪费时间思考，思考什么才是你最需要的，可是你还要等到何时？'①"生活对他越来越艰难。我们说，他最终会成为一个酒鬼、一个逃犯、一个疯子。

就这样，冬天结束，另一个夏天来了。在这个炎热的季节，一位在圣伊西德罗区学建筑的年轻人来到了米拉弗洛雷斯。他有一辆庞蒂亚克牌轿车，是一位游泳运动员，名字叫卡奇托·阿尼利亚。他向我们一伙人靠拢，开始大家都不欢迎他，姑娘们甚至对他说："你来这儿干什么，谁邀请你了？"但是特雷西塔说："别这样，穿白衬衫的姑娘们，何必欺负他！卡奇托，坐到我旁边来吧！这位戴海员帽穿蓝布工装的小伙子，算我邀请你了。"我们对奎利亚尔说："哥们儿，看见了吗？"奎利亚尔说，看到了。我们说，傻瓜，他在亲近特雷西塔，他会把特雷

_____

① 这几句出自前文波莱罗舞曲《也许，也许，也许》中的歌词。

西塔从你手中夺走的。你要么往前冲，要么完蛋。他说，夺走就夺走吧，这有什么了不起！我们说，这对你已无关紧要？他说，有什么要紧？我们说，你已经不爱她了？他说，有什么爱不爱的！

卡奇托从一月末开始追求特雷西塔，她很快便接受了他的爱。我们都遗憾地说，可怜的小鸡鸡，他会多么痛苦呀！我们指责特雷西塔，你就会卖弄风情、无情无义！你对奎利亚尔干了什么呀！可是，现在姑娘们都站在特雷西塔一边讲话了："她做得对！谁的过错？是他的过错。"查布卡说："叫人家可怜的特雷西塔等到何年何月，他才能决定呀？"齐娜说："说什么特雷西塔对奎利亚尔干了什么呀，奎利亚尔对人家特雷西塔又干了什么呀？他让人家白白浪费了那么多时间呀！"普希说："再说，卡奇托是个满不错的小伙子。"菲娜说："他既热情又稳重。"查布卡说奎利亚尔是个胆小鬼。齐娜说他是个假女人。

V

于是，奎利亚尔故态复萌。"真野蛮，"拉罗说，"他是不是在圣周去冲浪了？"秦戈罗说不是一般的浪，是五米高的大浪，不，哥们儿，比那还要大，是十米高的巨浪。那浪涛的轰鸣声震耳欲聋，水波一直涌到沙滩的帐篷前。查布卡说，不，涌得还要远，一直涌到防波堤上，把路面上的汽车都溅湿了。当然，没有人敢游泳。奎利亚尔玩冲浪是为了给特雷西塔·阿拉特看吗？对。是为了让特雷西塔的恋人不自在吗？对。当然了，那就像是说，特雷西塔，你看，我敢这么冲浪，玩这玄乎事儿，卡奇托无能，什么也不会，他就是这样的游泳运动员吗？他只配像女人和小孩子一样在岸边湿湿脚罢了。你看，你失掉的是什么样的人？我们都说奎利亚尔这么干真野蛮。

菲娜说，大海为什么在圣周期间如此汹涌澎湃？齐娜说，那是大海在发怒，因为犹太人杀了基督。乔托说，是犹太人杀了基督吗？他认为是罗马人杀了基督，真笨。我们坐在防波堤上。菲娜穿着泳装，乔托两腿悬在空中，马尼乌克看着大浪在岸边轰隆隆爆炸开来，齐娜喊着浪来了，把我们的脚打湿了。查布卡说，水好凉啊。普希说，水真脏。秦戈罗说，水是黑色的，浪花是咖啡色的。特雷西塔说，水里带着杂草和海藻。这时，卡奇托·阿尼利亚听到"噗噗噗"的响声，喊了起来："你们看，奎利亚尔来了。"他将走近特雷西塔还是将对她视而不见？他把车停在拉埃拉杜拉海滩的爵士乐俱乐部前，下了车，走进海鸥饭店，不一会儿便穿着游泳衣出来了。乔托说，那是一件新的游泳衣，黄色的，杨森牌。秦戈罗说，他连游泳衣都想得如此周密，摆明了就是要引起人们的注意，你看见了吗，拉罗？他脖颈上挂着一条毛巾，像是一条围巾，戴着太阳镜。他用嘲弄的目光看了看蜷缩在防波堤和海滩之间吓得无措手足的洗海澡的人，又看了看扑打着沙滩的狂涛怒浪，然后举起手来向我们打招呼，并且走了过来。

"喂!"奎利亚尔喊道,"你们挤在一块真好看呀,对吗?""喂,奎利亚尔,你在说什么呀?"海边的人没有听懂他的话。"我看你们最好还是到划艇比赛的水面上去游泳吧,对吗?""你怎么样,奎利亚尔?"大家仍旧听不懂他的话。奎利亚尔说:"你们是怕大浪吧?是不是?这可就太奇怪了,你们是怎么了?"听了他的话,我们也在想,我们是怎么了?(普希说,奎利亚尔见特雷西塔嘴里在流口水,血管里就热血沸腾,哈,哈,哈!)特雷西塔目不转睛地注视着奎利亚尔的行动,说,大海如此威严,他说要下水是真的吗?有人说,如此雄伟壮丽的大海是可以冲浪的,但奎利亚尔到底是在说真话还是在开玩笑?注意吧,朋友们。卡奇托也在想:"他敢下海冲浪吗?当然,他是敢冒险的,就这么跳下海或者只带一块充气垫。"我们相信他的话吗?不相信,我们嘲笑他是吹牛。奎利亚尔看透了我们的心思,说:"你们看到大海这副面孔就害怕,对不对?"特雷西塔问:"你不害怕?"奎利亚尔答:"我不怕。"特雷西塔说:"你要下海?"奎利亚尔答:"对,我要去冲浪。"当然了,这引起了一片欢呼声。大家看到他从脖颈上摘下毛巾,朝特雷西塔·阿拉特看了一眼(拉罗说,特雷西塔的脸红了,对不对?乔托说,没那事儿,她干吗要脸红呢?拉罗又问,卡奇托呢?乔托说,他倒是不自在起来),便跑下了一级级的防波堤台阶,"扑通"一声跳进大海。我们看到他瞬间便穿过岸边的回头浪,三下五除二就游到了滚滚扑来的巨浪爆炸点。一个大浪咆哮而来,他敏捷地钻进浪中,然后露出来,接着又钻进浪中，又露出来。嗬，他像个什么？像条鱼，像只海豚，像只……哎，他钻到哪儿去了？噢，看，他的胳膊露出来了，在那儿，在那儿！大家看到他越游越远了。他忽而消失，忽而出现，渐渐变小，直到一道道波峰掀起的地方。拉罗说，看，那浪有多大，波峰有多高！果然，那地方只见大浪掀起，不见大浪落下，而且那波浪看上去酷似一道道瀑布。"他就在那片白色的浪花那儿吗？"人们都十分紧张地回答："对。"奎利亚尔有时往前游，有时被冲回来，有时又主动往回游，并且不时被淹没在浪花和大浪之间。他就这样在不断后退中继续向前进。"你们看，他像个什么呀？"像只小鸭子！像条小纸船！为了看得清楚点儿，特雷西塔站起来了，查布卡、乔托，所有人，包括卡奇托都站起来了。可是，他想在哪儿冲浪呢？奎利亚尔迟迟没有动作。但是，他终于振作起了精神，翻转身来寻找我们，朝我们打了手势，我们也挥舞着毛巾喊着"加油，加油"。他让过第一个浪头，又让过第二个浪头，到了第三道波浪扑来的时候，我们看到他，或者说我们猜到他钻进了水中，用一只胳膊划着水去捕捉水流，同时把身体挺直，用双脚击水。他捕捉到了水流，张开双臂，身体被大浪举起来了（那大浪有八米高？拉罗说，还要高。跟屋顶一样高？还要高。那么，有尼亚加拉瀑布那么高？还要高，而且高得多），随即又跟着浪尖落下来，被一座水山吞没了。又一道巨浪出现了。他出来了吗？出来了吗？巨浪如飞机俯冲般呼啸着扑过来，喷吐着白色的水花。他出来了，你们看见了吗？就在那儿。终于，大浪开始下落，失去了力量，奎利亚尔也不慌不忙地出现了。大浪轻轻地推着他，他身上挂满杂草，他憋了多长时间没有呼吸？他的肺真是太棒了！海水将他推到了沙滩上，这时我们才松了一口气，并且向他投去钦佩的目光。拉罗说，他真了不起。当然，这话是对的。就这样，他重新开始了另一种生活。

这一年，过完国庆节不久，奎利亚尔进了他爸爸的工厂工作。我们议论说：现在他要改好了，要变成一个庄重的小伙子了。但是，事情并非如此，而是相反。他六点钟下班，七点钟到米拉弗洛雷斯，七点半就进了查斯吉酒吧，两肘撑在柜台上，一边喝啤酒（一小瓶将军牌啤酒），一边等着来个熟人玩骰子。他在那儿跟赌徒们玩骰子一直玩到天黑，烟缸里塞满烟蒂，冰镇啤酒瓶狼藉。晚上，他在廉价的酒吧里（民族酒吧、企鹅酒吧、奥林匹克酒吧和图尔比利翁酒吧）看表演，消磨时间。如果心绪不佳，他必定在那些龌龊肮脏的地方喝个酩酊大醉，最后很可能连派克金笔、欧米茄手表和金手镯都当掉了（这类事发生在苏尔吉略酒馆或波尔白尼尔酒馆）。有几个早晨，人们发现他的脸上有抓痕，一只眼被打得发黑了，一只手打着绷带。我们说，他堕落了。姑娘们，他的母亲真可怜。我们对他说，你现在整天跟面包师、咖啡店老板和一些守财奴混在一起，明白吗？但是，每个星期六，他总是跟我们在一起。吃过午饭，他便来找我们，假若我们不去跑马场或体育馆，就关在秦戈罗或马尼乌克家中玩扑克牌，一直玩到天黑。那时，我们便各自回家，洗个淋浴，修饰打扮一番后，奎利亚尔用他的豪华纳什牌轿车来接我们。那辆车是他父亲看到他长大了以后送他的："孩子，你已经二十一岁了，已经拥有投票权了。"妈妈叮嘱道："我的宝贝，你不要开得太快，超速行车说不定在哪会儿会送命的。"我们先乘车到街角中国老板那儿喝点酒，恢复一下体力，然后讨论该做什么。"去中餐馆吃饭，好吗？""去卡彭大街，行吗？"我们一边讨论一边讲着笑话，"还是去低桥那儿品尝烤牛心肉串吧？"小鸡鸡的主意总是最受欢迎："去吃披萨，好吗？"我们知道那个叫小青蛙的女孩和将军妻子在那儿跟他说过什么："你们知道如果托尼托·梅利亚在修面时把脸割破会发生什么事吗？他会一气之下把自己阉掉。哈，哈，哈！这个可怜的家伙真是个活宝。"

吃过饭之后，席间讲的笑话已使大家兴奋起来，我们便到处溜达，去维多利亚大街喝啤酒，站在博罗龙卡松·华奴克大街上聊天，或在阿根廷大街就着辣椒吃小饼，然后在使馆区或者大使街停下来，站在酒吧间看第一场表演。我们的游逛一般到格拉乌大街结束，因为纳内特在那儿。米拉弗洛雷斯区的姑娘和小伙子们已经到了，我们就是在那儿结识他们的。"喂，小鸡鸡，我们不知该叫你的名字还是该叫你的外号，总之想问候一下，你怎么样？"小伙子们说。姑娘们接着说："你可把我们都想死了。"我们大家忍俊不禁地笑道："他很好呀！"那时，奎利亚尔便激动起来，面带怒容，有时还骂那些姑娘们，尔后"砰"地把门关上，宣称："我再也不来这儿了！"但是，有时他听了那些逗弄他的话也会笑起来，对姑娘们非但不恼，还跟她们打情骂俏地逗上几句，并且等在那儿跟她们跳舞，或手拿一杯啤酒坐在留声机旁，或跟纳内特海阔天空地聊天：让别人各自去找他们的心上人吧！我们前前后后地从他身边走过，他便跟我们耍贫嘴："秦戈罗，那么快就找到情人了，怎么样，感觉不错吧？马尼乌克，你拖的时间长了点儿！乔托，你干的什么好事！我可是一直在锁孔里监视你。拉罗，你屁股上有毛。"一个这样的星期六，当我们回到大厅时，奎利亚尔不见了。纳内特突然站起来，付了啤酒钱，连招呼都不打一声就离开了。我们跑到格拉乌大街，在那儿找到了奎利亚尔。他趴在纳什轿车的方向盘上，浑身颤抖着。"你怎么了，哥们儿？"拉罗说，他发现奎利亚尔在哭。我们问奎利亚尔："你感到不舒服吗，老伙计？有人嘲笑你了吗？"乔托问："谁欺负你了？告诉我们是谁，我们去揍他一顿。"秦戈罗说："是不是姑娘们拿你寻开心，你感到难过？"马尼乌克说："别为这么无聊的蠢事哭，行吗？不要理她们，小鸡鸡，好啦，别哭了！"奎利亚尔抱着方向盘长长地叹了一口气，摇了摇头，用嘶哑的声音说："没有。"姑娘们没有拿他寻开心，没人跟他过不去。他又呜咽了。他一边用手帕擦着眼睛，一边说谁也没有嘲笑他，没有人敢那样做。我们劝他道："哎，你安静点儿，哥们儿，那你为什么要哭？是喝酒喝多了吗？"他道："不是。""是病了吗?""没有,一点儿事儿都没有,我身体很好。"我们拍拍他的肩膀鼓励他,喂,我说哥们儿,老伙计,小鸡鸡,你冷静一下,笑一笑,把你的大马力纳什轿车发动起来,我们到那儿去。我们先到图尔比利翁酒吧喝点儿什么,然后正好赶去看第二场演出。开车吧,小鸡鸣,别哭了。奎利亚尔终于安静下来,当开车行驶在国庆大街上时,他的脸上已绽出笑容。但是,瞬间,他的脸又哭丧下来。我们不解地问:"老伙计,到底发生了什么事?坦白地告诉我们吧!"他说:"没什么,唉,就是有点儿伤感,仅此而已。"我们说:"干吗要伤感呢?生活本身就是充满酸甜苦辣百味俱全的,想开点儿吧,朋友!"他说,有一大堆事儿使他心乱如麻。马尼乌克说:什么事?举个例子说说。他说,比如说,人们太欺负上帝了。拉罗说,你说的是什么意思?乔托说,你指的是不是人们犯下许多罪过?奎利亚尔说:"是这样的,比如说,世上有那么多娼妓,对吗?还有,生活是乱哄哄的,但又是平淡无味的。"可秦戈罗说,什么生活是平淡无味的?得了吧,生活是复杂的、多姿多彩的。奎利亚尔争辩道:"那为什么人们总是在工作中度过时光,时时在消耗自己,或者去寻欢作乐?天天都是如此,转眼就变成了老头儿,很快又向坟墓走去。真没意思,不是吗?对,事情就是如此。""你跟纳内特在一起时就想这事?在姑娘们面前也想这事?你就是为这事哭?""对,就是为这事。我还为穷人伤心,为瞎子伤心,为瘸子伤心,为在联盟大街的胡同里乞讨的人伤心,为那些卖《新闻报》的报童们伤心。我真傻，对吗？我也为那些在圣马丁广场给你擦皮鞋的秋罗小孩子们伤心。我真笨，对吗？"我们对他说，当然，你是傻了点儿，但事情已经过去了，对吗？当然，你也该把它忘记了，对吗？喂，给我们笑一笑吧，好让我们相信你呀！哈，哈，哈！开快点儿，小鸡鸡，把油门加大，踩到底！几点钟了？表演几点开始？谁知道呀？每次演出都有那位古巴混血姑娘吗？她叫什么名字？叫安娜。人们叫她什么？叫她母鳄鱼。喂，小鸡鸡，告诉我们你已经不难过了。再笑一笑，哈，哈，哈！

VI

当拉罗和查布卡结婚的时候，就在同一年，马尼乌克和秦戈罗都取得了工程师的称号。奎利亚尔出了几次事，他的车总是爆胎、车身被刮、反光镜被撞碎。妈妈说，你别再开飞车了，我的宝贝，否则总有一天会送命的。爸爸说，你太过分了，孩子，到什么时候你才能改一改？下次再闯祸，我一分钱都不给你了。你要好好考虑一下，学学好，改改自己的毛病，就算不为你，也要为你妈妈呀！我这么说是为你好。我们也说，小鸡鸡，你已经是大人了，不能再跟那些拖鼻涕的孩子们混在一起了，因为你到了懂事的时候了。晚上，他总是跟查斯吉酒吧和德奥弗里奥咖啡馆的那些夜游神一起赌博，或者跟海地咖啡馆里打弹子的人及秘密组织成员们聊天、吃吃喝喝（我们迷惑不解地问：他什么时间工作？还是说他工作是骗人的？）。但是，白天，他从米拉弗洛雷斯的一个地方逛到另一个地方，身着詹姆斯·迪恩^①式的衣服（紧身蓝布工装裤，花衬衫从脖领敞开到肚脐，一条金链子在胸前摇来晃去，不时挂在汗毛上，白色无鞋带低帮皮鞋）在各个街角停下来，拿可口可乐瓶子玩陀螺，在车库里踢足球，口中吹着木琴。他的车里总是坐满了十三、十四、十五岁的顽皮孩子，星期天，他就带着这伙小朋友出现在瓦伊吉吉俱乐部（爸爸，你让我加入这个俱乐部成为会员吧，驾驶夏威夷帆船是最好的减肥运动。出太阳的时候，你还可以带上妈妈到海边吃午餐）。你们看，你们看，他在那儿，玩得多棒！那么多人陪着他，多潇洒！他让小朋友们轮流登上帆船，带他们一起超越大浪爆炸之处。他还教孩子们驾驶沃尔沃轿车，让他们看他如何用两个轮子在防波堤上画曲线，以显示他的能耐。他也带他们去体育场，去游乐场，去看斗牛，去看赛跑，去玩滚木球游戏，去看拳击。总之，我们说，他是一个无可救药的家伙、一个假女人。但是，我们也要为他想想：他还有什么呢？应该理解他、原谅他。不过，哥们儿，跟他待在一起的情形越来越艰难了。在大街上，人们看他、嘘他、指着他说三道四。乔托问奎利亚尔，别人说你什么，你很在意吗？马尼乌克对他说，别人都在说你的坏话呀！拉罗说，如果

---

① 詹姆斯·迪恩（1931—1955），美国电影演员，因扮演20世纪50年代惶惑、急躁、空想的青年类型而受崇拜。

别人老看到我们跟他在一起，也会说我们的不好呀！秦戈罗说，跟他待在一起令人十分难堪。

有一段时间，他去从事体育运动，照我们的看法，那完全是为了找机会出风头来炫耀自己。小鸡鸡奎利亚尔像从前到海上冲浪那样去参加赛车，参加环城赛得了第三，《新闻报》和《商报》都刊登了他的照片，向胜利者表示祝贺。奎利亚尔说，阿纳尔多·阿尔瓦拉多是最优秀的赛车手，他虽然败在其手下，却既有自尊心又有荣誉感。但是，不久以后，奎利亚尔就更出名了，原因是他跟吉格·加诺萨打赌在黎明时赛一场车，从圣马丁广场开到萨拉萨尔公园。吉格·加诺萨熟悉道路，奎利亚尔却开上了逆行线。巡逻队从哈维尔·普拉多大街开始追他，直到 5 月 2 日大街才追上。你看他开得有多快！有一天，他进了警察局，我们说这下好了，出了这种丑事，他该吸取教训了，该改好了。但是，没过几星期，他就出了一次严重的车祸，在安加莫斯大街上险些丧了命，眼部和双手都受了重伤。第二次车祸发生在三个月之后，那是在我们庆祝拉罗告别单身的晚上。秦戈罗说："行了，奎利亚尔，你别再像孩子那样淘气了。你该明白了，我们都是大人了，不能再开这种玩笑了，应该稳重点儿了。"他说，嘿，连耍耍都不行了吗？你们是怎么了？对什么都没信心了？这帮小老头，什么都怕了？你们不必去撒尿了，找个积水的街角打着滑儿转个圈儿就行了。他十分任性，完全放纵自己，我们无法说服他。奎利亚尔，老伙计，你爱怎么干就怎么干吧，让我们安安稳稳地待在家中就行了，拉罗明天结婚，他可不想在结婚前夕丧命。你别不懂事儿，总犯糊涂，别把车开到人行道上去，别高速闯红灯，别讨嫌给自己找麻烦。但是，奎利亚尔还是在阿尔坎弗雷斯大街撞了一辆出租车，虽然没有伤着拉罗，但马尼乌克和乔托的脸撞肿了，他自己则撞断了三根肋骨。结果，我们吵了架。过了一段时间，他给我们打电话，我们又和好了，大家一起去吃饭，但是这一次，我们和他之间总是别别扭扭、疙疙瘩瘩，再也没有往昔的那种友情了。

从那时起，我们见面就很少了。马尼乌克结婚的时候，只通知了他，却没请他出席婚礼，他也没有主动去祝贺。当秦戈罗在美国结了婚，带着他漂亮的美国妻子和刚刚会讲西班牙语的孩子回国的时候，奎利亚尔已经去廷戈·玛丽娅山种咖啡了。大家都这么说。当奎利亚尔从山上又回到利马的时候，我们在街上碰到他，几乎连招呼都不打了。当然，客套的寒暄还是有的。"喂，你怎么样，乔洛人？""你好吗，小鸡鸡？""你日子过得怎样，老伙计？""凑合着混呗，马马虎虎，再见！"他回到米拉弗洛雷斯后，比以前更疯了。他去北方的时候终于把命送了。"怎么死的？""撞车了。""在什么地方？""在巴萨马约的险恶拐弯处。"在他的葬礼上，我们心情沉重地说，真可怜，他受了多少苦呀，他过的是什么日子呀！但是这个结局是他自找的。

我们都已经是堂堂的男子汉了。我们已经娶了妻子，有了车子，有了孩子，孩子们都在圣母马利亚查姆帕戈纳特教会学校读书。我们正在为了消夏而在安孔、圣罗萨或南方海滨建造小房子。我们都开始发福了，有了白发，肚子大起来，身体变软，看书时要戴眼镜，吃喝过后感到不适，皮肤上出现了越来越多的褶子。

译后记

自从北京大学的赵德明教授于1979年第一次在我国介绍略萨其人，继而又于1981年将这位前国际笔会主席、秘鲁著名作家的《胡利娅姨妈和作家》译成中文出版以后，马里奥·巴尔加斯·略萨这个名字在我国读者中就似一声春雷般地炸开来。短短十几年中，他的主要作品，包括《城市与狗》《绿房子》《世界末日之战》《潘达雷昂上尉和劳军女郎》《酒吧长谈》等都相继被介绍到中国来，用时髦的话来说，就是我国西班牙文翻译界对他进行了跟踪翻译和研究，而在我国西班牙语界，享受这一殊荣的只有他和哥伦比亚著名作家、1982年诺贝尔文学奖获得者、驰誉全球的《百年孤独》的作者加夫列尔·加西亚·马尔克斯。说白了就是，这两位拉美"爆炸文学"的典型代表在我国读者的心目中是拉美作家群中的头两号人物。我本人也认为此论不谬。

　　略萨的大部头新作一旦问世，我国的出版社便马上捕猎，争相将其介绍过来。但他早期发表的七个短篇，即《首领们》《挑战》《星期天》《兄弟》《祖父》《来访者》和《崽儿们》七篇，却完全被打入冷宫，无人问津。短篇小说遭此冷遇，大概主要因为西班牙语翻译界认为这些早期作品很不成熟，没有太大的分量。我本人过去也以为略萨写孩子的那些东西只不过是些习作罢了。然而，如今要把这些作品译出时，就不可不认真地读读它们了。不读则已，一读却意外地发现，这些作品远非人们认为的那样无足轻重，而是一些闪光发亮的金子（尽管只是些金粒金屑）和光彩夺目的珠翠（同样体积不大），是略萨创作道路学步阶段栽种的一棵棵芳香美丽的小花。今天我们淘洗这些零金碎玉，夕拾这朵朵小花，填补略萨作品译介的一个空白，当然是一件十分有意义的事。我在翻译过程中细细咀嚼，越嚼越有趣；又颇像不断加着佐料烹鱼，越烧越香，越闻越诱人，到最后翻译《崽儿们》，也就是鱼快要烧毕时，简直是没有美酒也醉人了。

略萨这些短篇写于 1953—1957 年他在利马圣马尔克斯大学读书时期。当时的略萨年纪轻轻就结了婚，生活的重负几乎压得他透不过气，有时为了生计，他不得不兼做几项工作，文学只不过是他的业余爱好。照他的话说，尽管他把文学看得比世界上的任何东西都重要，但"从未想过有一天我会成为作家"。可是，没想到就是这些他写了又撕、撕了又写、历经"九死一生"留存下来的作品"将他无可逆转地引向了文学之路"，因为这些作品的成功（《挑战》一篇当年即获《法兰西》杂志组织的秘鲁短篇小说比赛奖，略萨获得了免费到巴黎旅游十五天的奖励），表明了略萨在青少年时期就显露出非凡的文学天赋，从而进一步激发了他对文学的浓厚兴趣。于是，他喜欢上了陀思妥耶夫斯基，喜欢上了亨利·米勒，喜欢上了福克纳、卡夫卡、加缪，把萨特当偶像崇拜，刻意模仿海明威……结果，到了1959年，略萨明确宣布："文学是我选定的生活道路，我绝不会再改变。"这就是说，略萨步入文坛的准备阶段至此已经完成了。

由此不难看出，略萨早期的短篇小说虽然只有寥寥几篇，却对他走向文学道路起了决定性的作用，它们也是他1962年发表的成名作《城市与狗》（这部作品不仅一问世就轰动秘鲁，而且很快被译成二十种语言，使略萨一鸣惊人，蜚声世界文坛）的前奏曲，因此，要全方位、多层次、多角度地认识略萨的价值，这些作品就不可不读，甚至可说是不可小觑的。

那么，略萨的早期短篇故事到底有什么特色呢？

巧妙的结构：人所共知，略萨被称为结构现实主义大师，此一美誉当然是靠诸如《绿房子》（一译《青楼》）《酒吧长谈》《胡利娅姨妈和作家》这类作品赢得的，但在他早期的作品中，对结构的重视已显而易见，尤其是小说情节的戏剧性变化令人难以捕捉，但又觉得合情合理，丝毫没有那种简单化、公式化、概念化之嫌。应该说，略萨在作品结构方面一开始就下的功夫为他顺利地进入创作高峰打下了坚实的基础。

实际感和形象感：读略萨早期的作品，使人觉得似乎不是在看书，而是在看电影。看着一行行的字，似乎在看着银幕上的一个个场景：那里有孩子们排成队游行闹罢课，有孩子们聚在咖啡馆谈天说地，有孩子们在大海里玩冲浪游戏，有孩子们在放学路上顽皮地把书包当作篮球传来传去……那些形象而逼真的场面令你相信秘鲁儿童的生活就是如此（在这个时候，略萨也只能如实地描写生活，尚达不到文学源于生活又高于生活的水平），而且它会给你带来一种意想不到的愉悦，即把你也带向自己的童年时代，使你忆起儿时爸爸妈妈带你在公园里划船，忆起小同学们课间在校园里做游戏，忆起你挎着篮子拿着镰刀到田间为老牛割草，忆起你以荆条筐为网在河中捞鱼，甚至忆起你和某个小朋友打架后又和好的场面……

音乐性：略萨在《首领们》这部短篇小说集的自序中谈到《崽儿们》一篇时说："我说写，倒不如说是反复重写，因为这个故事我至少写了十二稿，始终难以脱手。"略萨为何将一个短篇故事写了十二稿？除了别的因素之外，他做了这样的解释："我更希望把《崽儿们》写成一个被唱出来而不是被读出来的故事，因此，我选择每一个音节时都既考虑到音乐性又考虑到可讲述性。不知为什么，我认为在这种情况下，故事的真实决定于读者应该觉得自己是在听而不是在读，即故事应该从耳朵中进入读者脑子里而不是从眼睛里。"略萨没有白费脑筋，他在《崽儿们》中追求的高度音乐性达到了预想的目的，试看：

……大狗胡达斯看到活蹦乱跳的孩子们，在笼子里急得发疯：汪，汪！它耷拉下了尾巴。汪，汪！它向学生们露出了凶恶的牙齿。汪，汪，汪！它拼命地跳着。汪，汪，汪，汪！它噼噼啪啪扑打和摇晃着笼子的铁丝。"天呐，如果这个恶魔有一天从笼子里逃出来！"秦戈罗说。

奎利亚尔说，如果狗"呼呼呼"向他扑来，他就掏出匕首对付它；他曾梦见过大狗"呼呼呼"如一阵妖风似的向他扑来，他掏出匕首，嚓，嚓，嚓，三两下就把它的性命结果了，然后又将它剥了皮，一片片地"哧哧哧"切它的肉，并且对着天空高喊："埋了它它它……"这还觉得不解气，又用双手捧着嘴做成喇叭继续喊："埋埋埋……了了了……它它它……"

再如写孩子们吃着冰淇淋过人行道的一段：

……他们一门心思地吃冰淇淋，走到交通信号灯前停下来。吸溜吸溜，吃冰淇淋，吸溜吸溜，吃冰淇淋。绿灯亮了，他们蹦蹦跳跳地跑到圣尼科拉斯大厦前。

的确，读略萨的短篇，似乎能听到硬币落地的叮叮当当声，能听到泉水的叮咚声，能听到林间沙沙的风声……实在地说，闭目细细品味，整篇《崽儿们》恰似孩子们演奏出的始终扣人心弦的交响乐章。而到了创作成熟期，略萨不仅将作品的音乐性提升到一个更加美妙的水平，而且刻意润泽其"色香和味香"。读略萨的作品，往往使人觉得是夏日清晨走在田间小径上，欣赏沾满晶莹露珠的嫩绿小草和野花。当然，与此同时，还有旷野里美妙的晨曲在耳际回荡。

朴素、亲切、精炼、流畅的对话：略萨短篇小说中的对话像山间小溪的淙淙流淌，又像散文诗。他不太喜欢那种一问一答式的、排比式的对话（尽管也有），而是将对话不加雕琢地生活化，随意写来，让人感到朴素、亲切，因而更富有真实感。试看放学后奎利亚尔要回家时，同学劝他去踢球的一段：

喂，别走呀，你这家伙，我们到特拉萨斯运动场去，向中国人要个球。你不是想参加班里的选拔赛吗？小兄弟，要参加选拔赛，就得练一练。来吧，跟我们一块去玩玩，没事，就练到六点钟……奎利亚尔说，不行，爸爸不答应，得回家做作业。小朋友们只好送奎利亚尔回家。"不参加练习，怎么能参加班里的足球队？"……"他人不错，就是太用功了，为了学习忽视了体育。"乔托说。拉罗说，这不是他的过错，大概他的老爷子是个讨厌鬼。秦戈罗说，没错，其实奎利亚尔很愿意跟我们一起来，就是怕他爸爸不允许。马尼乌克说，这样一来，他进班里的足球队可就太难了：没有体力，脚法不灵，缺乏耐力，上场很快就累趴了，踢什么都不中用。"但是他头球很好。"乔托说。拉罗说："此外，他还是我们的球迷，无论如何要让他进我们的球队。"秦戈罗补充道："单是为了让他跟我们在一起，也要让他进球队。"马尼乌克说："没错，就算他踢得再不行，也要叫他参加班级球队……"

再看姑娘们劝奎利亚尔找恋人的一段：

　　……但是，奎利亚尔不想要恋人，听了别人的劝告，他急忙说道："我还是喜欢自由，不愿做征服者，独身比什么都好。"齐娜说："你要自由是为什么？为了干荒唐事？"查布卡说："为了爱跟谁幽会就跟谁幽会。"普希说："是跟那些矫揉造作、故作风雅的女人幽会吧？"奎利亚尔脸上露出神秘的表情说："也许吧！也许吧！这也许是一种恶习，可能。"菲娜说："你为什么再也不参加我们的晚会？过去你每次都来，那么高兴，舞跳得那么好……"查布卡说："奎利亚尔，别自我封闭，别自找无聊，来吧，参加我们的晚会，总有一天你会遇上一位喜欢你的姑娘，那时你就去追她……"

　　像这种亲切、精练而动人的大段对话，在本书中，尤其是在《崽儿们》中屡见不鲜。读着这些通俗的对话，又使人感到是在听一个中国人说评书。

另外，这本故事集还表现出略萨在文学创作起步阶段就已十分重视人物的心理描写，这一点，在《祖父》一篇中表现得尤其突出。

当然，既然是早期作品，说得再好，也只能是略萨的练笔阶段，不可能十分成熟，也不可能完美无缺。说句公平话，有的故事，如《挑战》和《祖父》，颇给人以自然主义和空泛之感，写得不免有些拖沓。

另外，我在上面已说过，略萨的这些短篇故事是第一次同中国读者见面，坦白地说，本人深感自己的译文并不理想，其原因有三：时间太紧，不得不紧赶慢赶；近六十的老翁译少年作品，从心理上很难完全进入角色，深感力不从心；略萨在这些作品中用了很多秘鲁土话，有些词语请教西班牙文专家也搞不懂，查遍词典（包括拉丁美洲土语词典）也难以觅见，走投无路，只好依照逻辑"想当然"，所以，很希望日后得到西文同行中的高手专家们点拨教正。换言之，这本短篇集也是译者抛出的引玉之砖。

译 者

1997 年 10 月北京西斜街